KB114091

共同專人
공동전인

설영구 新武俠 판타지 소설

FANTASTIC ORIENTAL HEROES

# 공동전인 1

설경구 新무협 판타지 소설

초판 1쇄 찍은 날 § 2009년 3월 26일
초판 1쇄 펴낸 날 § 2009년 4월 6일

지은이 § 설경구
펴낸이 § 서경석

편집장 § 문혜영
편집책임 § 정서진
편집 § 서지현

펴낸곳 § 도서출판 청어람
등록번호 § 제1081-1-89호
등록일자 § 1999. 5. 31
어람번호 § 제2-1703호

주소 § 경기도 부천시 원미구 심곡2동 163-2 서경B/D 3F (우) 420-822
전화 § 032-656-4452  팩스 § 032-656-4453
http://www.chungeoram.com
E-mail § eoram99@chollian.net

ISBN 978-89-251-1742-3 04810
ISBN 978-89-251-1741-6 (세트)

共

同

# 공동전인

설경구 新무협 판타지 소설

FANTASTIC ORIENTAL HEROES

1

傳

人

도서출판 청람

술잔이 세 개로 보인다.

"사랑? 그거 다 거짓말이야!"

사랑이라면 짝사랑밖에 해보지 않은 주제에.

그런데 혀가 꼬부라진 채 지껄이는 녀석의 말이 맞는 것 같다.

꼬박 닷새를 굶은 빈속에 화주를 들이켰더니 속이 불이라도 난 것처럼 뜨겁다.

안주라도 집어먹으라고 녀석이 손으로 집어준 돼지고기의 살점을 꾹꾹 씹으며 일어났다.

세상이 자꾸 빙글빙글 돌아서 제대로 걸을 수가 없다.

"어디 가?"

"뒷간!"

바짓가랑이를 움켜쥐는 녀석의 힘없는 손을 뿌리치고 밖으로 나왔다.

찬바람을 맞아도 정신이 들지 않는다.

그래도 할 일은 해야 했다.

비틀거리며 반 시진을 걸은 후에 담벼락을 양손으로 짚었다.

술에 취하지만 않았어도 이 정도 높이의 담을 넘는 것은 일도 아닌데 몇 번이나 바둥거린 끝에 겨우 넘을 수 있었다.

하지만 머리부터 떨어지는 바람에 잠깐 정신을 놓았다.

"자객치고는 멍청하군!"

잠깐 정신을 차리자 이상한 소리가 들렸다.

뜬금없이 자객이라니.

그딴 것이 아니라고 말하려고 했는데 머리가 너무 아파서 다시 눈을 감았다.

"사무진?"

그리고 다시 눈을 떴을 때 처음 보는 놈이 이름을 알고 있었다.

"내 이름은 어떻게?"

"미안하다!"

"뭐가?"

갑자기 미안하다니.

영문을 몰라서 눈을 크게 뜬 순간, 그놈이 손을 흔든다.

작별이 아쉬운 듯 살랑살랑 손을 흔드는 놈을 향해 술김에 마주 손을 흔들고 있을 때 놈이 힘껏 밀었다.

그리고 엉겁결에 그 힘에 밀려 넘어지자마자 놈이 미안한 표정으로 소리치는 것이 들렸다.

"거기도 사람 사는 세상이야."

第一章
혈마옥

荷燕乳蒸煎棠湯細賜其福佑幸子王
至大改元四月佛浴道音廣為傳經
日弟子趙孟順敬書長壁前平
老君演此真妙信意

共同
傳人
공동전인

쿠구구궁!

거대한 지진이라도 발생해 지축이 송두리째 어긋나 버리는 것 같은 엄청난 굉음을 동반한 채 육중한 석문이 떨어져 내렸다.

"어이!"

"……."

"이봐, 아니라고. 지금 실수하는 거야. 진짜로 사람 잘못 본 거라니까. 아, 씨발! 얼른 이 문 다시 열지 못해!"

쿵! 쿵!

엉겁결이었다, 등 뒤에서 밀어붙이는 힘에 밀려서 동혈 안에 갇혀 버린 것은.

정신을 차리고 나서 닫혀 버린 육중한 석문을 몇 번씩이나 두드리면서 악을 썼지만 돌아오는 대답은 없었다.

석문을 두드리고 있는 애꿎은 손만 더럽게 아플 뿐.

"빌어먹을!"

그리고 아무리 두드려도 기대했던 대답이 돌아오지 않는다는 것을 깨닫자마자 사무진은 그 자리에 쭈그리고 앉았다.

솔직히 말하면 워낙 배가 고파서 악을 쓸 힘도 남아 있지 않았다.

그래서 이곳을 빠져나가는 것은 나중에 생각하기로 했다.

일단은 굶어 죽지 않아야 후일을 도모할 수 있으니까.

힘겹게 고개를 들어 혹시 먹을 것이 없나 하고 살피자마자 천장에 박혀 있는 야명주가 가장 먼저 눈에 들어왔다.

"오! 꽤 큰데?"

은은하게 빛을 발하고 있는 야명주!

직업병일까.

지독하게 자신을 괴롭히고 있던 허기는 어느새 잊고 어떻게 저 커다란 야명주를 빼낼 수 있을까를 고민하던 사무진은 본능적으로 사방을 훑었다.

동혈 내의 지형지물을 이용하기 위해서.

그리고 그런 사무진의 눈빛은 금세 실망으로 물들었다.

텅 비었다는 말이 과언이 아닐 정도로 동혈의 내부에는 아무엇도 없었다.

방법이라고는 저기 얼음덩이 못지않게 매끈하게 깎여 있는 벽을 타고 올라가는 수밖에 없었다.

"저 노인네들은 뭐야?"

실망한 눈빛으로 사방을 훑어보던 사무진은 다른 방법을 찾기 위해 동굴 내부로 걸음을 옮기기 시작했다.

"오라, 저 노인네들에게 목마를 태운다면 잘하면 가능할지도 모르겠네."

얼핏 살펴도 사방이 막힌 거대한 동혈 안에 있는 노인의 수는 다섯이 넘었다.

자신이 생각해 낸 기막힌 방법에 스스로 감탄하면서 사무진이 만족스러운 듯 히죽, 웃음을 지었다.

그런 사무진이 처음으로 멈춘 곳은 가부좌를 튼 채로 아무것도 없는 벽을 노려보고 있는 노인의 앞에서였다.

"뭐하슈?"

"……"

"그렇게 째려봐서 벽이라도 뚫을 생각이오?"

하지만 대답은 돌아오지 않았다.

"실성한 영감인가?"

실없는 짓을 하고 있는 노인을 삐딱하게 서서 째려보던 사무진은 절레절레 고개를 흔들면서 다시 걸음을 옮겼다.

그런 사무진이 다시 걸음을 멈춘 곳은 추레한 몰골로 마주

앉아서 골똘히 생각에 잠겨 있는 노인들의 앞에서였다.

"뭐하슈?"

"……."

"전부 벙어리들만 모였나? 하긴 뻔히 보면서 물어본 내가 잘못이지. 바둑 두고 있었구만. 근데 왜 바둑알이 빨갛지?"

바둑이란 흑석과 백석으로 두는 것이 정상이다.

피처럼 빨간 바둑알이 신기해서 줄이 그어진 바닥 위에 놓여 있는 돌멩이들 중 하나를 집어 들어 요리조리 살피던 사무진은 순간 움찔했다.

조금 전까지만 해도 시선조차 주지 않던 노인들이 갑자기 잡아먹을 듯한 기세로 날카롭게 쨰려보고 있었다.

"어이쿠! 잘하면 사람 치겠네. 이거야 원 무서워서."

슬그머니 그 돌을 원래 있던 자리에 내려놓고서야 사무진을 매섭게 노려보고 있던 노인들의 시선은 언제 그랬냐는 듯 다시 바둑판으로 향했다.

그 살벌한 눈빛을 마주하고 엉겁결에 몸을 일으키며 뒤로 물러났던 사무진이 못마땅한 표정으로 중얼거렸다.

"좆도 아닌 영감들이."

하여간 이상한 영감들만 모인 곳이었다.

공처럼 몸을 동그랗게 말고서 잠들어 있는 노인도 있었고, 죽은 듯 드러누워서 가끔씩 눈만 껌벅이고 있는 해골처럼 마른 노인도 있었다.

"진짜 벙어리들만 모였나?"

신경질이 났다.

그래서 사무진은 바닥을 굴러다니고 있는 돌멩이 중 하나를 힘껏 걷어찼다.

딱.

그리고 그 돌멩이는 기세 좋게 허공을 가르고 날아가다 한 노인의 이마에 정통으로 부딪쳤다.

주르르.

순식간에 이마가 찢어졌다.

그리고 찢어진 노인의 이마에서 붉은 선혈이 흘러내리기 시작했다.

의도한 것은 아니었다.

그렇지만 전혀 예상치 못했던 결과에 사무진이 미안한 표정을 지은 채 서둘러 그 노인의 곁으로 다가갔다.

"괜찮아요?"

"……."

"피 나는데……."

역시 아무런 대답도 없이 옷소매로 흘러내리던 선혈을 스윽 닦아낸 노인은 다시 하던 일에 몰두하고 있었다.

숟가락을 들고서 단단한 바닥을 파고 있는 노인을 물끄러미 바라보던 사무진이 궁금증을 참지 못하고 다시 물었다.

"땅 밑에 돈이라도 있나 보네요?"

질문을 던지자마자 사무진은 후회했다.

여기는 벙어리 영감들만 모인 곳.

어차피 대답은 돌아오지 않을 것이다.

"없다!"

하지만 이번에는 사무진의 예상이 빗나갔다.

무뚝뚝한데다가 짤막하기 그지없는 대답이었지만 노인의 대꾸를 듣자마자 사무진이 눈을 치켜떴다.

"어라, 노인은 벙어리가 아니네요. 이름이 뭐예요?"

"검마!"

"그러니까 성이 검이고 이름이 마? 좀 특이하네요?"

"별호!"

"아, 별호! 근데 별호가 좀 촌스럽네요. 마교는 벌써 몰락한 지 오래라서 검마나 색마 같은 별호를 짓는 것은 한참 유행이 지났는데."

어쨌든 반가웠다.

길게 대답하는 것이 아니라 짧게 한마디씩 툭툭 내뱉는 것이 다였지만 사무진은 눈물 나게 반가웠다.

벙어리들만 모인 곳에서 말을 섞을 사람을 만났으니.

"근데 숟가락으로 땅은 왜 파는 거예요?"

"탈옥!"

"지금 그 숟가락으로 땅을 파서 탈옥하겠다고요? 대체 어느 세월에요? 그리고 딴 영감들은 놀고 있는데 왜 혼자서만 땅을 파요?"

속사포처럼 터져 나온 사무진의 질문에 검마 노인이 처량하다는 느낌이 절로 들 정도로 길게 한숨을 내쉬며 대답했다.

"내가……."

"……?"

"막내!"

"안됐네요."

딱 봐도 환갑이 넘어 보이는 검마 노인이었다.

백발이 성성한 노인이 조금 늦게 태어났다는 이유 하나로 처량하게 숟가락을 들고서 땅을 파는 모습은 사무진의 마음을 아프게 만들었다.

"못된 늙은이들!"

한가롭게 바둑이나 두고 늘어지게 잠을 자고 있는 노인들을 노려보며 사무진이 한마디를 던질 때였다.

검마 노인이 손가락을 들어 사무진을 가리켰다.

"뭐요? 아, 내 이름이 뭐냐구요? 나는 사무진이에요."

흔들.

사무진의 대답이 끝나자마자 노인은 그것을 원한 것이 아니라는 듯 고개를 흔들었다.

"그럼?"

멀뚱히 바라보고 있던 사무진의 앞으로 노인이 오른손에

소중하게 쥐고 있던 숟가락을 앞으로 내밀었다.

그리고 검마라는 한물간 별호를 가지고 있는 노인이 한마디를 더 던졌다.

"이젠 네가 막내!"


"뭔 소리예요?"

앞으로 내밀어진 숟가락을 받을 생각도 않고 사무진은 멀뚱히 검마 노인을 바라보기만 했다.

갑자기 막내라니…….

물론 얼굴에 주름이 가득하고 백발이 성성한 이곳의 노인들 외양을 보면 자신이 막내가 되는 것은 당연했다.

하지만 엄연히 자신은 누군가의 행정 착오로 이곳에 들어온 것이었다.

굳이 표현하자면 잠깐 들렀다 가는 손님 정도랄까.

"받아!"

"저, 뭔가 오해가 있나 본데요. 지금 제가 여기에 들어온 것은 행정 착오가 분명하거든요. 그러니까……."

"받아!"

혹시 검마라는 노인이 나이가 많이 들어서 이제는 귀가 잘 안 들리는 것이 아닐까 하는 생각이 들었다.

아무래도 제대로 알아듣지 못한 것 같아서 또박또박 한자 한자 이야기를 꺼냈지만 검마 노인은 한참 동안 눈만 껌벅이다 같은 말만 되풀이했다.

어서 숟가락을 받으라는…….

"당최 알아듣기나 하는 거야?"

짤막하게 한숨을 내쉰 사무진의 눈과 애처로운 눈빛을 보내고 있는 검마 노인의 시선이 마주쳤다.

그리고 사무진은 마음이 약했다.

금방이라도 눈물을 한 바가지나 쏟아낼 것 같은 검마 노인의 물기 어린 노안을 보자 마음이 약해질 수밖에 없었다.

"까짓것, 숟가락 쥐는 것이 뭐 그리 어려운 일이라고. 다 늙은 노인네 눈에서 눈물까지 뺄 수는 없잖아?"

주저하던 사무진이 결국 손을 뻗어 숟가락을 움켜쥐었다.

"반들반들하네요."

윤이 나고 있는 숟가락을 받아 든 사무진이 놀랍다는 표정을 짓자 기쁜 표정을 감추지 않고 검마 노인이 입을 뗐다.

"좋은 것!"

"그래요. 무척 좋아 보이네요. 물론 금 숟가락이었으면 더 좋았겠지만……."

사무진이 쩝 하고 입맛을 다셨다.

그리고 숟가락을 다시 살필 때 검마 노인이 입을 뗐다.

"파라!"

"뭐라고요?"

"파라!"

"나보고 숟가락으로 땅을 파라고요?"

사무진이 기가 막힌다는 표정을 지었다.

하지만 검마 노인은 당연하다는 듯이 고개를 끄덕였다.

"원래 파던 사람이 계속 파요. 그러니까 저는 숟가락으로 땅을 파본 적이 없기도 하고, 얼마 지나지 않으면 나가야 될 사람이거든요. 아무래도 그냥 검마 노인이 계속 파는 것이 능률적인 면에서도 훨씬 나을 것 같은데."

"파라!"

꽤나 논리적인 설명까지 곁들여 주었지만 검마 노인은 이 번에도 당최 알아듣는 표정이 아니었다.

그리고 그런 검마 노인을 확인하자 슬그머니 화가 솟구치기 시작했다.

차라리 아까처럼 금방이라도 눈물을 쏟아낼 것 같은 얼굴이었다면 그냥 안쓰러워서라도 한 번 정도는 파줄 생각이었다.

그런데 지금은 표정이 변했다.

너무나 당당하게.

마치 사무진이 땅을 파는 것이 당연하다는 듯이 변한 검마 노인의 표정을 확인한 사무진이 고개를 흔들었다.

"안 파요!"

"파라!"

"내가 왜 파요?"

"파라!"

"그 말밖에 할 줄 몰라요?"

답답한 마음에 한숨이 절로 새어 나왔다.

머리 꼭대기에서 하얀 김이 무럭무럭 솟아나는 것만 같았다.

'노인이야. 툭 건드리면 뼈마디가 부서져 버릴 정도로 늙은 노인이잖아? 그래, 노인을 공경해야지.'

금방이라도 이성의 끈이 끊어져 나갈 것 같은 것을 간신히 참아낸 사무진이 반질반질 윤이 나는 숟가락을 멀리 집어 던졌다.

그리고 그 순간이었다.

검마 노인의 신형이 흔들린 것은.

"잘못 봤나?"

마치 처음부터 움직이지 않은 것처럼 그 자리에 서 있는 검마 노인을 보며 사무진이 고개를 갸웃할 때였다.

"받아!"

검마 노인이 다시 숟가락을 앞으로 내밀었다.

'대체 숟가락을 몇 개나 가지고 있는 거야?'

의아한 생각이 들었지만 지금 중요한 것은 검마 노인이 숟가락을 몇 개나 가지고 있느냐가 아니었다.

사무진이 더는 참지 못하고 소리를 질렀다.

"진짜 뭐하자는 거야!"

다시 한 번 숟가락을 받아 들자마자 사무진이 바닥에 내팽개치자 검마 노인의 눈꼬리가 살짝 솟구쳤다.

하지만 흥분한 사무진의 눈에 그것까지 보일 리가 없었다.

바닥에 떨어진 숟가락을 줍기 위해 몸을 숙이는 검마 노인을 향해 사무진이 한마디를 더 던졌다.

"좆도 아닌 영감이 말이야."

그리고 그 말을 마쳤을 때, 사무진은 태어나서 한 번도 겪어보지 못한 새로운 경험을 했다.

주먹도 몽둥이도 아닌 숟가락으로 얻어맞는.

제대로 보이지도 않는 숟가락이 근 반 시진에 걸쳐 인정사정없이 사무진의 전신을 두드리기 시작했다.


"끄응."

머리가 깨질 듯이 아팠다.

어질어질한 정신을 간신히 부여잡고서 눈을 뜬 사무진의 흐릿한 시야에 굵은 야명주가 들어왔다.

'저걸 어떻게 빼내지?'

야명주를 보자마자 본능적으로 이런 생각이 떠오르는 것을 보니 확실히 직업병이 무섭긴 무서웠다.

하지만 사무진도 알고 있었다.

지금은 이렇게 한가한 생각을 할 때가 아니라는 것을.

힘겹게 고개를 돌린 사무진의 눈에 숟가락이 들어왔다.

"휴우."

마치 희대의 보검이라도 되는 양 잠이 든 상황에서도 손에서 놓치지 않은 숟가락을 확인하자마자 사무진은 땅이 꺼져라 한숨을 내쉬었다.

꿈이 아니었다.

그냥 하룻밤 자고 나면 모두 사라져 버리는 개꿈이기를 바랐는데 슬프게도 그저 그런 개꿈이 아니었다.

"파라!"

자신이 깨기만을 기다리고 있었던 듯 툭하고 한마디를 내뱉는 검마 노인의 목소리를 듣고서 사무진은 억지로 몸을 일으켰다.

"안 파요."

자고 일어나자마자 땅을 파라니…….

물론 사무진은 검마라는 촌스러운 별호를 가진 노인이 시키는 대로 순순히 들어줄 생각은 없었다.

그리고 그 대답을 듣자마자 노인이 인상을 썼다.

'맞을래, 아니면 그냥 팔래' 라는 의미가 담긴 노인의 표정을 보고서 울컥했지만 사무진은 슬그머니 시선을 바닥으로 깔았다.

"그러니까 안 판다는 것이 아니라… 밥은 먹고 파야죠."

괜히 시선이 부딪쳐서 좋을 것이 없다는 생각에 사무진은 땅바닥만 바라보며 슬그머니 걸음을 옮겼다.

이 지옥 같은 곳에 들어온 지 벌써 열흘이란 시간이 흘러 있었다.

그리고 그 열흘이란 시간 동안 사무진은 많은 것을 알아냈다.

물론 아무리 단단한 바닥을 파도 흠집조차 나지 않는 신기하고 단단한 숟가락으로 하루 종일 땅을 파느라 팔도 후들거릴 지경이었고.

하지만 아무리 팔이 후들거리더라도 할 일은 해야 했다.

그러지 않았다가는 자신에게 신병이기인 숟가락을 넘기고서 이제는 자신이 땅을 파는 것을 감시하는 데 하루 대부분의 시간을 보내고 있는 검마라는 늙은이에게 죽도록 얻어맞을 테니까.

그긍.

그때였다.

야명주가 박혀 있는 천장에 자그마한 구멍이 열렸고, 그 구멍을 통해서 줄에 매달린 바구니가 하나 내려온 것은.

쿵!

출렁!

'젠장, 좆 됐다!'

그 바구니가 바닥에 떨어지기 전에 잡으려고 했던 사무진은 후들거리는 팔에 힘이 들어가지 않아 바구니를 살짝 놓치고 말았다.

그 탓에 바구니 안에 들어 있던 멀건 죽이 출렁이며 꽤나 많은 양이 바닥으로 쏟아져 버렸다.

슬그머니 동혈 안의 노인들 눈치를 살피던 사무진이 인상을 구겼다.

살기가 가득 담긴 노인들의 시선이 자신에게 쏟아지고 있었다.

"헤헤, 즐거운 식사 시간입니다!"

바보 같은 웃음을 지으며 사무진이 애교를 떨었지만 사무진에게 돌아온 것은 뒤통수를 후려갈기는 검마 노인의 매서운 손속뿐이었다.

"이게 뭐야? 고기라고는 한 점을 찾아볼 수가 없네. 도대체 이런 것만 먹고서 어떻게 살라는 거야!"

누가 그렇게 시킨 것은 아니었다.

하지만 사무진은 죽이 담긴 그릇을 들고서 동혈 제일 구석으로 알아서 기어들어 가 조용히 머리를 처박았다.

그리고 자신의 그릇에 담겨 있는 멀건 죽을 물끄러미 바라보고 있자 사무진은 갑자기 서러워졌다.

그의 손에 들려 있는 것은 어김없이 숟가락.

매일 땅바닥을 파는 데 사용하고 있는 숟가락을 옷소매에 슥슥 닦아서 멀건 죽을 떠먹어야 하는 자신의 신세가 한심해서 눈물이 나올 지경이었다.

그렇지만 먹어야 했다.

먹어야지만 살 수 있다는 것은 만고불변의 진리였고, 사무진은 처음 삼 일을 굶고서야 그 진리를 뼈저리게 실감했다.

슬픈 눈망울을 한 채 숟가락으로 그릇에 담긴 멀건 죽을 휘휘 젓고 있던 사무진의 눈이 한순간 빛을 발했다.

'왕거니다!'

이 지옥 같은 동혈에 들어온 지 열흘 만에 처음으로 멀건 죽에서 고기를 발견하자 아까와는 달리 감격의 눈물이 흘러 나올 것 같았다.

손톱!

딱 손톱만 한 크기의 고기 한 점에 불과했지만 사무진은 정말 세상을 모두 얻은 것만 같았다.

'어제 꿈이 심상치 않더니. 오늘 하루는 든든하겠는데.'

한때는 상다리가 부러질 정도로 푸짐하게 차려놓은 식탁 앞에서도 고기 쪽에는 손도 대지 않던 사무진이다.

소화가 잘 안 되고 피부 미용에 좋지 않다면서.

하지만 지금은 상황이 바뀌었고, 우연히 발견한 손톱만 한 고기 한 점으로 인해 세상이 아름답게 보일 지경이었다.

누가 볼세라 무적의 숟가락 신공으로 단번에 고기를 숟가락 위에 올린 사무진이 잽싸게 입으로 가져갔다.

"아!"

그런 그가 탄성을 토해냈다.

소인지 돼지인지, 아니면 닭인지…….

어떤 종류의 고기인지조차 모르겠지만 하나는 확실했다.

이 부드러운 육질!

혀끝을 간질이는 부드러운 육질로 인해서 정신이 다 혼미해질 지경이었다.

아까워서 씹는 것은 엄두도 내지 못했다.

가만히 눈을 감은 채 혀 위에 올려놓고 빙글빙글 돌리기만 하던 사무진의 입 밖으로 그 소중한 한 점의 고기가 튀어나왔다.

뒤통수를 후려치는 검마 노인의 매서운 손속 때문에.

"아, 안 돼!"

외마디 비명을 지르며 바닥으로 떨어지고 있는 고기를 향해 손을 뻗었지만 안타깝게도 헛되이 허공만을 갈랐다.

한때 소주에서 꽤나 이름을 날리던 배수였던, 마음만 먹는다면 당금 소주 부사의 품에 들어 있는 돈주머니도 슬쩍할 수 있을 것이라고 알려져 있던 사무진의 재빠른 손속도 지금은 아무 도움이 되지 못했다.

그리고 다시 한 번 '아끼다 똥 된다'는 옛말이 틀리지 않다는 것을 깨달았다.

바닥에 떨어지자마자 순식간에 흙이 잔뜩 묻어버린 손톱만 한 고기 한 점을 안타까운 눈빛으로 바라보던 사무진이 휙소리가 나게 고개를 돌렸다.

"파라!"

이 순간, 슬픔과 분노가 교차하고 있는 사무진의 비통한 심정에는 전혀 관심이 없는 듯 검마 노인이 무심히 한마디를 던졌다.

"진짜……."

금방이라도 불길이 뿜어져 나올 것 같은 매서운 눈빛으로 검마 노인을 노려보는 사무진이 입술을 실룩였다.

이제 더는 못 참겠다는 듯 폭발 일보 직전의 상황에서 사무진은 슬그머니 고개를 숙이며 숟가락을 움켜쥐고 있는 오른손에 힘을 주었다.

"파야죠."

어느 틈엔가 들어 올리고 있는 검마 노인의 오른손에 쥐여 있는 숟가락을 보고서 사무진은 성질을 죽였다.

칼보다도, 몽둥이보다도 저 숟가락이 더 무서웠다.

다시는 먼지가 날 정도로 저 숟가락에 얻어맞고 싶지는 않았다.

그렇지만 그 짧은 순간, 숟가락을 들고 있지 않은 사무진의 왼손이 전광석화처럼 재빨리 움직였다.

눈에 보이지도 않게 빠른 속도로 바닥을 훑은 사무진의 왼손에는 흙이 잔뜩 묻은 고기 한 점이 들려 있었다.

살랑살랑.

그리고 그 고기를 멀건 죽 속에 담근 후 살짝 흔들고서 입속으로 밀어 넣고 있었다.

"열심히 파야죠. 난 막내니까!"

살벌한 눈빛을 지우고 어느새 숟가락으로 땅을 파기 시작한 사무진을 확인하고서야 검마 노인이 신형을 돌렸다.

딱.

"씨발. 덜 씻었네. 헤헤."

그제야 바닥에 떨어졌던 고기 한 점을 처음으로 씹은 사무진은 꽤나 굵은 돌을 씹고서 죽을상을 했다.

그리고 그런 사무진의 표정을 바라보던 검마 노인의 입가에 처음으로 희미한 웃음이 나타났다 사라졌다.


요령이란 참으로 무서운 것이었다.

처음 검마 노인이 건네준 숟가락으로 땅을 팔 때만 해도 하루 종일 파도 딱 숟가락 깊이만큼도 파지 못했는데 약 한 달 동안 검마 노인의 체계적인 지도 아래 숟가락을 놀리다 보니 이제는 땅 파는 속도가 그때와는 비교할 수 없을 정도로 빨라졌다.

흙의 색만 봐도 재질이 어떤지 알 수 있었다.

단단한지, 부드러운지, 아니면 아예 돌덩이인지.

그리고 근력이 달라졌다.

숟가락을 들고서 하루 종일 땅만 파다 보니 팔의 근력이 이전과는 비교할 수 없을 정도로 강해졌다.

당연히 땅을 파고 있는 속도도 거의 숟가락이 보이지 않을 정도로 빨라졌고, 헛손질을 하는 일도 어지간해서는 없었다.

"근데 여긴 어디예요?"

"혈마옥(血魔獄)!"

배운 대로 숟가락을 부지런히 놀리면서 던진 사무진의 질문에 검마 노인은 언제나처럼 짧게 대답했다.

"혈마옥? 혈마옥이라면 마교의 거두들을 가둬두는 곳이라고 알려져 있는데, 그런데 마교랑은 전혀 상관도 없는 내가 이곳에 갇혀 있는 것을 보니 똑같은 이름을 가진 감옥인가 보네."

가타부타 대답이 없는 검마 노인을 보고 제멋대로 결론을 내린 사무진이 다시 질문을 던졌다.

"근데 노인장은 얼마나 갇혀 있었어요?"

그리고 그 질문에 검마 노인이 대답 대신 쭈글쭈글한 손가락 세 개를 펼쳤다.

"삼 개월?"

흔들.

"그럼 삼 년?"

흔들.

"설마 삼십 년?"

그제야 고개를 끄덕이는 검마 노인을 보고 사무진의 표정이 굳어졌다.

꼬박 삼십 년이나 이곳에 갇혀 있었다는 검마 노인의 추레한 모습을 보니 갑자기 동정심이 샘솟기 시작했다.

"얼마나 큰 잘못을 저질렀기에 이런 곳에 사람을 삼십 년이나 가둬두는 거예요? 이거 아주 더러운 놈들이네."

"더러운 놈들 맞다!"

"혹시 사람이라도 죽였어요?"

짠한 표정을 지은 채 던진 사무진의 질문에 검마 노인은 이번에도 쭈글쭈글한 손가락을 펼쳤다.

이번에는 두 개.

"두 명?"

흔들.

"스무 명?"

흔들.

"그럼 이백 명?"

흔들.

"설마 이천 명?"

마침내 고개를 끄덕이는 검마 노인을 확인하고 사무진은 자신도 모르는 사이 신형을 떨기 시작했다.

이천 명이라니……

꿈에도 생각지 못했다.

그리고 정신이 번쩍 들었다.

자신은 일개 좀도둑에 불과했다.

그런 자신이 지금 사람을 무려 이천 명이나 죽인 희대의 살인마와 마주하고 있는 셈이었다.

아까까지 샘솟던 동정심은 순식간에 자취를 감추고 대신 그 자리에 공포라는 감정이 빠르게 메우기 시작할 때였다.

"내가……"

"……?"

"제일 적게 죽여서… 막내!"

사무진과 대화라는 것을 나누기 시작한 뒤 검마 노인이 가장 길게 이야기를 꺼냈다.

하지만 그것조차도 깨닫지 못하고 주춤주춤 뒤로 물러나던 사무진은 충격을 받고 얼어붙었다.

이천 명이나 죽였는데도 불구하고 제일 적게 죽여서 막내라고 이야기하고 있었다.

그렇다면 저 좆도 아니라고 생각했던 노인네들은 최소한 사람을 이천 명 이상씩은 죽였다는 뜻이다.

한마디로 희대의 살인마들의 소굴.

몸을 일으킨 사무진은 후들거리는 다리로 처음 자신이 들어오고 난 후 열리지 않는 석문으로 달려갔다.

쾅! 쾅!

"씨발, 문 열어! 얼른 문 못 열어! 뭔가 착오가 있다고! 난 그냥 착한 좀도둑인데, 왜 이런 희대의 살인마들이 갇혀 있는 곳에 집어넣느냐고!"

양 주먹에서 피가 날 정도로 석문을 두드리며 사무진이 악을 썼지만 돌아오는 대답은 아무것도 없었다.

턱.

그래도 쉬지 않고 악을 써대던 사무진은 자신의 오른팔을 붙잡는 검마 노인의 왼손을 확인하고는 급히 숨을 들이켰다.

그리고 사무진은 그런 그의 오른손에 들려 있는 번뜩이는 뭔가를 확인하고선 낯빛이 창백하게 변했다.

'칼?'

이천 명을 죽였는데 한 명 더 죽이는 게 뭐가 대수일까 하는 생각이 들자마자 덜컥 겁이 났다.

이제 검마 노인의 손에 들린 번뜩이는 칼이 자신을 토막 내고 죽일 것이라는 상상을 할 때, 번뜩이는 칼이 사무진의 오른손에 닿았다.

'손가락부터 잘라내려는가 보구나!'

오른손에 닿는 서늘한 느낌을 받자마자 사무진은 마지막까지 간신히 쥐고 있던 정신줄을 놓고 말았다.


"끄응."

정신이 들자마자 뒤통수가 얼얼했다.

하지만 그 작은 통증에 신경 쓸 때가 아니라는 것은 사무진도 알았다.

'죽었나?'

처음 떠올렸던 생각이 틀렸다는 것을 깨달은 순간은 여전히 천장에 박힌 채 은은한 빛을 뿜어내고 있는 꽤나 굵은 야명주를 확인하고 나서였다. 그리고 살아 있다는 생각이 들자마자 사무진은 본능적으로 고개를 돌렸다.

정신을 잃기 전 검마 노인의 오른손에 들려 있던 번뜩이는 칼이 자신의 오른손에 닿았던 것을 기억해 내고서.

'손가락만 잘라냈나? 아니면 아예 오른팔을 다 잘라냈을까?'

피식.

오른팔이 통째로 잘려 나간 것을 상상하며 두려운 마음으로 고개를 돌리던 사무진은 그만 실소를 터뜨리고 말았다.

멀쩡했다.

최소한 손가락 몇 개는 잘렸을 것이라 생각했는데 털끝 하나 다치지 않고 멀쩡했다.

그리고 그 멀쩡한 오른손에는 흥분한 상태에서 자신이 던져 버렸던 숟가락이 고이 쥐어져 있었다.

'칼이 아니고 숟가락이었구나!'

사무진이 칼이라고 지레짐작했던 번뜩이는 물체는 다름 아닌 숟가락이었다.

그렇게 실소를 터뜨리던 사무진은 천천히 생각을 정리하기 시작했다.

고작 숟가락 하나에 불과했다.

그렇지만 자신의 오른손에 고이 쥐여져 있는 숟가락에 담긴 의미는 작지 않다는 생각이 들었다.

"삼십 년이나 막내였다고 그랬어. 그러니까 내가 삼십 년만에 이곳에 들어온 셈이잖아. 지난 삼십 년 동안 숟가락으로 땅만 파다가 내 덕택에 이제야 그 지겨운 일에서 벗어났는데 나를 쉽게 죽일 수 있을 리가 없지."

눈치 하나는 누구에게도 뒤지지 않는 사무진이었다.

적어도 쉽게 죽이지는 않을 것이라는 판단이 서자 저 멀리 사라져서 흔적도 보이지 않던 용기가 다시 슬그머니 모습을 드러냈다.

몸을 벌떡 일으킨 사무진이 숟가락을 움켜쥐었다.

얼마나 오랜 시간 동안 자신이 정신을 잃고 있었는지는 몰라도 동혈 안은 달라진 것이 아무것도 없었다.

사무진이 정신을 잃었다가 다시 깨어난 것에 신경 쓰는 사람은 아무도 없었다.

아니, 딱 한 사람이 있었다.

"파라!"

사무진 덕택에 삼십 년 만에 막내에서 벗어난 운 좋은 검마 노인이 다가와서 한마디를 던지자마자 사무진은 희미한 웃음을 지으며 고개를 끄덕였다.

"저는 땅 파는 것이 참 좋아요. 헤헤."

사무진이 부지런히 숟가락을 놀렸다.

그리고 사무진은 검마 노인 몰래 질끈 입술을 깨물었다.

검마 노인은 숟가락으로 땅을 파면서 삼십 년을 버텼지만 사무진은 그럴 생각이 전혀 없었다.

비록 지금은 숟가락으로 땅을 파고 있지만 머지않아 이곳을 벗어날 야무진 꿈을 꾸며 사무진은 부지런히 숟가락을 움직였다.


땅을 파는 것은 참으로 지루한 작업이었다.

게다가 워낙에 단단한 지반이었기에 하루 종일 파도 거의

진도가 나가지 않는 작업은 웬만한 인내심이 없다면 견디기 힘들 정도로 지루했다.

그나마 다행이라면 자신을 감시하듯 지켜보는 검마 노인의 대답이 조금씩 길어진다는 것이었다.

처음 한 단어만 내뱉던 검마 노인이 어휘력이 조금 늘었는지 요즘은 단어 몇 개를 조합해서 대답하고 있었다.

"배고프지 않아요?"

"별로."

"하루에 한 끼 멀건 죽만 먹는데 어떻게 배가 고프지 않아요?"

'늙으면 위가 쪼그려드는 건가'라고 혼잣말을 중얼거리며 이해가 가지 않는다는 표정을 짓고 있는 사무진에게 검마 노인의 대답이 들려왔다.

"별식이 내려온다!"

"별식이 내려온다고요?"

"오늘쯤 내려온다!"

"뭔데요?"

"고기!"

꽤나 간결한 검마 노인의 대답을 듣고서 사무진은 기대에 부풀었다.

그리고 '그럼 그렇지'라는 생각이 들었다.

아무리 늙어서 위가 쪼그라든 영감들이라고 해도 그렇게 멀건 죽만 먹으면서 삼십 년이란 시간을 버티는 것을 불가능했다.

쿠구궁!

검마 노인의 말이 끝나기가 무섭게 천장에 있는 자그마한 석문이 열리는 소리가 들렸다.

그리고 사무진은 눈을 빛냈다.

'돼지고기 볶음? 아니면 닭강정? 그도 아니면 오리구이?'

뭐든 상관없었다.

지금 굶주릴 대로 굶주린 사무진의 위는 어떤 요리가 내려오더라도 맛있게 먹어줄 준비를 마친 상태였다.

"왔다!"

검마 노인의 목소리를 들은 사무진이 달려갔다.

혹시나 밧줄에 매달린 채 내려오는 소중한 고기 요리가 쏟아지지나 않을까 하는 걱정이 앞서 받으러 간 것이었다.

하지만 밧줄은 없었다.

대신 누런 뭔가가 혼자 힘으로 떨어져 내리는 것이 보였다.

천장과 바닥과의 높이는 약 오 장.

꽤나 높은 곳에서 밧줄도 없이 떨어진 고기를 보자마자 사무진은 기겁하고 검마 노인이 있는 곳으로 뒷걸음질 쳤다.

"설마 호랑이?"

설마가 아니었다.

눈을 비비고 다시 살펴보았지만 진짜 호랑이였다.

처음엔 워낙 정신이 없어서 제대로 살피지 못했는데 누런

바탕 위에 검은색 줄무늬가 꽤나 인상적인 커다란 호랑이 한 마리가 무척이나 날카로운 이빨을 드러내고 으르렁거리기 시작했다.

"고기라면서요?"

"호랑이 고기!"

기가 막혀서 화를 내고 싶었지만 그럴 틈도 없었다.

으르렁거리며 이빨을 곤두세우고 있는 커다란 호랑이는 똑똑하기까지 했다.

희대의 살인마들의 천국인 동혈 안에서 제일 만만한 것이 사무진이라는 것을 순식간에 깨닫고는 노려보고 있었다.

화를 내는 것도 일단 살아남고 나서야 가능한 것이었다.

"어떻게 좀 해봐요!"

답답한 마음에 검마 노인에게 소리를 지르자마자 대체 그게 무슨 소리냐는 듯이 바라보는 검마 노인의 시선이 돌아왔다.

"이건……."

"……?"

"막내의 일!"

그리고 당연하다는 듯이 흘러나온 검마 노인의 이야기를 들으며 사무진의 안색이 창백하게 질렸다.

"내가 할 일이라고요?"

"네가 막내!"

손가락으로 친절하게 자신을 가리키고 있는 검마 노인을

향해 사무진이 죽을상을 한 채 부탁했다.

"이번 한 번만 대신 해줘요."

사람을 이천 명이나 죽인 살인마인 검마 노인도 무서웠지만 지금 당장은 자신을 노려보고 있는 호랑이가 더 무서웠다.

그리고 사무진의 부탁을 들은 검마 노인의 무뚝뚝한 표정이 살짝 변했다.

세월의 무게에 짓눌린 입매의 주름이 살짝 말려 올라간 듯했지만 호랑이를 보고 제정신이 아닌 사무진은 그것을 눈치챌 여유가 없었다.

창백한 사무진의 눈앞으로 검마 노인이 손을 내밀었다.

'뭘 달라는 거지?'

처음에는 호랑이를 대신 상대해 줄 테니 돈 같은 것을 달라는 줄 알았다.

'좆 됐다. 나 완전 개털인데.'

하지만 이어진 검마 노인의 짤막한 말을 듣고서 자신의 생각이 오해였다는 것을 금세 깨달았다.

"숟가락!"

"아, 여기요."

어쩌면 저 숟가락은 신병이기가 맞는지도 몰랐다.

땅을 파는 것과 멀건 죽을 떠먹는 것 외에 호랑이를 상대하는 데도 숟가락을 사용하는 것을 보니.

그리고 사무진은 검마 노인의 손에 들린 짤막한 숟가락이 갑자기 길어지는 것을 보고 숟가락이 진짜 신병이기인가에 대해서 심각하게 고민하기 시작했다.


"헐……."

사무진은 입을 다물지 못했다.

그 사납기 그지없던 기세의 호랑이는 숟가락을 들고 대충 휘두르는 검마 노인 앞에서 맥도 추지 못했다.

"역시 희대의 살인마!"

처음 멋도 모르고 날카로운 누런 송곳니를 자랑하듯이 쫘악 입을 벌렸던 커다란 호랑이는 검마 노인이 휘두른 숟가락에 머리를 한 대 얻어맞고는 순식간에 덩치 큰 고양이로 변신했다.

눈치만 보며 슬금슬금 뒷걸음질을 치기 시작하던 호랑이는 그 후로도 몇 번이나 신병이기 숟가락에 얻어맞았다.

쿠르릉!

그리고 아예 바닥에 주저앉아서 애처로운 눈빛으로 포효를 터뜨리는 호랑이를 보자 사무진은 살짝 동정심까지 들었다.

조금 전까지만 해도 자신을 노려보며 잡아먹기 위해서 날카로운 이빨을 드러내던 놈이라는 것도 잊고서.

그래서 사무진이 웅크리고 있는 호랑이의 머리라도 쓰다듬어 주기 위해서 한 걸음을 옮길 때였다.

퍼억!

쿠르릉!

신병이기인 숟가락이 호랑이의 머리를 강타하는 소리와 호랑이가 마지막으로 토해내는 애처로운 포효 소리가 동시에 들렸다.

'역시!'

사무진의 동정심을 불러 일으켰던 애처로운 눈빛의 호랑이를 일말의 망설임도 없이 처단하는 검마 노인!

그 모습을 보고서 사무진은 숟가락을 들고 서 있는 검마 노인이 이천 명이 넘는 사람을 죽였다는 살인마라는 것을 새삼 깨달았다.

그리고 아직 끝이 아니었다.

검마 노인의 손에 들린 숟가락이 다시 움직인 지 얼마 지나지 않아 호랑이의 가죽이 벗겨지고 살점과 뼈가 먹기 좋게 깨끗하게 분리되어 있었다.

뚝. 뚝.

그 엄청난 속도에 놀라 입을 벌리고 있는 사무진의 앞으로 손에 묻은 호랑이의 붉은 피를 바닥에 떨어뜨리며 검마 노인이 다가왔다.

자신도 모르게 움찔하며 사무진이 뒤로 한 걸음 물러날 때, 검마 노인이 조금 전 빌려갔던 숟가락을 내밀었다.

엉겁결에 손을 뻗어 그 숟가락을 받자마자 검마 노인이 무뚝뚝한 목소리로 입을 뗐다.

"석 달!"

"네?"

"다음 별식 오는 날!"

"아!"

그제야 검마 노인이 하려던 말을 깨닫고 무심코 고개를 끄덕이던 사무진의 안색이 창백하게 변했다.

"그땐 네가 무조건 막내!"

"씨발!"

답답한 마음에 자신도 모르게 욕을 내뱉었다.

사무진이 곧 실수를 깨닫고 살인마 검마 노인의 눈치를 살폈지만 다행히 검마 노인은 아무것도 듣지 못한 듯 표정의 변화가 없었다.

그래서 잠시 안심했지만 사무진의 안색은 다시 급격히 어두워졌다.

고작 석 달 뒤에 숟가락 하나를 들고서 호랑이와 싸우다가 처참하게 물려 죽을 자신의 최후를 떠올리니 사무진은 한숨밖에 나오지 않았다.

第二章
천괴지둔공

荷蒸乳蒸道棄陽細腸茶福佑甲于
至大改元四月佛浴道音廣為傳行
日弟子趙孟順敬書長座前拜
老君演此真妙經竟

"이제 어쩌지?"

숟가락으로 땅 한 번 파고, 한숨 한 번 쉬고. 꼬박 어제 하루를 한숨만 내쉬며 보낸 사무진의 얼굴은 하루 사이 몰라볼 정도로 수척하게 변해 있었다.

검마 노인이 던져 준 주먹만 한 호랑이의 살점을 선물로 받았을 때 잠시 화색이 돌았지만 그도 잠시였다.

남은 시간은 석 달.

그사이에 뭔가 방법을 생각해 내지 못한다면 호랑이에게 물려 죽을지도 모른다는 생각에 입맛도 없었다.

그렇지만 사무진은 노린내가 풍기는 호랑이의 살점을 기

어이 베어 물고서 꼭꼭 씹어 삼키기 시작했다.

"아직 석 달이나 남았잖아. 호랑이에게 물려 죽기 전에 굶어 죽을 수는 없지."

타고난 성격이 낙천적인 사무진이었다.

맛대가리라고는 없는 멀건 죽까지 싹싹 긁어 먹고 나니 배가 든든했다.

그리고 배가 든든하니 슬슬 머리가 돌아가기 시작했다.

오른손에 들려 있는 숟가락!

어제 검마 노인이 호랑이를 때려잡았던 무기인 이 숟가락에서 뭔가 답을 찾아내야 한다는 생각이 들었다.

"생긴 것만 숟가락이지 신병이기인 것이 틀림없어. 그렇지 않고서는 갑자기 검처럼 그렇게 길어질 리가 없어."

땅을 팔 생각도 않고 사무진이 매서운 눈초리로 숟가락을 살피기 시작했다.

미처 자신이 깨닫지 못하고 있을 뿐, 혹시 자그마한 돌출 부위가 있어서 그것을 누르면 숟가락이 갑자기 검처럼 변할지도 모른다는 생각을 하며.

하지만 워낙에 짧은 숟가락이었다.

시간이 얼마 흐르지도 않아서 숟가락에 숨겨진 돌출 부위 따위는 없다는 것을 사무진은 확인했다.

"이럴 리가 없는데."

야명주 쪽으로 숟가락을 들어 올리고 사무진이 다시 숟가락을 세심하게 살피기 시작했을 때였다.

"안 파?"

"잠깐만요."

"숟가락 처음 보냐?"

"좀 가만있어 봐요."

당연히 검마 노인이 꺼낸 이야기라 생각하고 대충 한마디를 던졌던 사무진은 곧 뭔가 이상하다는 것을 깨달았다.

자신에게 막내 자리를 넘기고 땅 파는 일에서 해방된 검마 노인은 사무진과 몇 장이나 떨어진 동혈 한구석에 팔자 좋게 드러누워 있었다.

그리고 지금 이 목소리는 검마 노인의 목소리와 달랐다.

뭐랄까?

검마 노인의 목소리보다 조금 더 음울하다는 느낌이 강했다.

그래서 숟가락에서 시선을 떼고 급히 고개를 돌린 사무진은 기겁했다.

머리카락은 물론이고 눈썹조차 한 올 없는 노인이 며칠간 사무진이 파놓은 구멍 위로 머리를 내놓고는 사무진을 빤히 바라보고 있었다.

"괴물?"

"사람!"

"거짓말!"

"죽을래?"

신병이기 숟가락을 앞으로 내밀어 휘휘 저어 위협하며 괴물에게서 한 걸음 물러났던 사무진은 그제야 노인의 얼굴을 자세히 살폈다.

머리카락이 없는데다 눈썹까지 없어서 괴물처럼 보였을 뿐, 사람은 맞았다.

그리고 조금 마음의 안정을 되찾자 동혈에 들어와서 이미 한 번 보았던 노인이라는 것을 깨달았다.

공처럼 몸을 동그랗게 말고서 잠들어 있던 노인이다.

"머리카락이야 그렇다 치고, 눈썹은 왜 밀었어요?"

"원래 없다!"

"그거 참 안됐네요. 지금까지 혼자 살았죠? 눈썹도 없으니 무서워서 어느 여자가 좋아하겠어요?"

진심으로 안됐다는 생각을 하며 사무진이 말을 꺼내자마자 눈썹 없는 노인에게서 살기가 뿜어져 나왔다.

'아차! 이 노인도 희대의 살인마지!'

사무진이 움찔했다.

깜박하고 있었다.

검마 노인이 이천 명을 죽이고도 막내라고 했으니 이 노인은 이천 명도 넘게 죽인 희대의 살인마라는 사실을.

"헤헤, 농담이에요, 농담!"

위기의 순간을 모면하기 위해 사무진이 바보 같은 웃음을 흘릴 때, 노인이 손가락을 들어 사무진을 가리켰다.

"제 이름요? 사무진이요!"

흔들.

"그럼 뭐요? 이 숟가락이요? 가지세요. 그냥 드릴게요."

선심이라도 쓰듯 사무진이 숟가락을 앞으로 내밀었다.

흔들.

하지만 눈썹 없는 노인은 이번에도 아니라는 듯 고개를 흔들었다.

"눈썹!"

"제 눈썹요?"

"밀어!"

무슨 의미인지 깨닫지 못한 사무진이 멍한 표정을 지을 때 눈썹 없는 노인이 손을 뻗어 사무진의 머리를 붙잡았다.

박박.

그리고 그 눈썹 없는 노인이 숟가락을 뺏어서는 사무진의 머리카락과 눈썹을 우악스럽게 밀기 시작했다.


만질만질했다.

한 올도 남김없이 사라져 버린 머리카락과 눈썹 어림을 손바닥으로 문지르던 사무진은 눈물이 흘러나오려는 것을 억지로 참았다.

"울면… 지는 거다!"

이를 악다물고 한참이나 눈썹 없는 노인을 바라보던 사무진이 입을 뗐다.

"이름이 뭐예요?"

"유령신마!"

"성이 유령이고 이름이 신마?"

"별호!"

자신의 작품이 마음에 드는 듯 매끈한 사무진의 머리와 눈썹을 희미한 웃음을 띤 채 바라보던 눈썹 없는 노인의 대답에 사무진이 인상을 찡그렸다.

"촌스럽게."

퉁명스레 한마디를 던진 사무진이 지그시 입술을 깨물었다.

비록 지금은 아니지만 언젠가 기회가 된다면 '유령신마'라는 촌스러운 별호를 가진 희대의 살인마 노인에게 무조건 복수를 하겠다는 다짐을 하며.

"근데 제 머리카락이랑 눈썹은 왜 밀었어요?"

"거슬린다!"

"뭐가요? 잘 모르시나 본데, 사람의 신체 중에 필요 없는 부분은 없어요. 머리카락은 따가운 태양빛에게서 두피를 보호해 주는 역할을 하고 눈썹은 이마에서 흘러내리는 땀이 눈 속으로 들어오지 않게 하는 중요한 역할을 하는데."

이미 늦었지만 그래도 아쉬운 마음에 열변을 토해내는 사무진에게 유령신마가 툭하고 한마디를 던졌다.

"땅속에서는 눈 감고 다녀서 괜찮다!"

"그래요. 물론 눈 감고 다닐 때야 당연히 괜찮겠죠. 그렇지만 사람이 살다 보면 매일 눈을 감고 지낼 수는 없는 법. 잠깐만요. 땅속이라고요?"

사무진이 의아한 표정을 지었다.

"땅속. 따뜻하고 좋다."

"대체 뭔 소릴 하는 거예요?"

"일단 들어와 보면 안다."

유령신마의 오른손이 또다시 사무진의 만질만질한 머리통을 움켜쥐었다.

"왜… 대체 왜 이래요?"

반항하려 했지만 사무진은 유령신마의 힘을 감당하지 못했다.

유령신마의 손에 이끌려 사무진은 자신이 숟가락으로 파놓았던 자그마한 땅굴에 머리를 처박았다.


숨이 막혔다.

예고라도 하고 땅속으로 밀어 넣었다면 크게 숨이라도 한 번 들이마시고 땅속으로 들어왔을 텐데…….

일 초, 정말 딱 일 초만 늦게 틀어박았던 땅바닥에서 빼주지 않았다면 숨이 막혀서 그대로 저 세상으로 갈 뻔했다.

'이런 개 같은 경우가…….'

눈이 토끼처럼 빨갛게 변한 것으로도 모자라 금방이라도

튀어나올 것 같았다.

코와 입, 심지어는 귓속까지 새어 들어간 흙으로 인해 모든 것이 꽉 막힌 듯한 느낌이 들었다.

"퉤엣, 퉤엣."

눈물, 콧물을 흘리면서 입 안을 가득 메우고 있는 흙을 바닥으로 뱉어내고 있던 사무진이 오싹한 느낌을 받고 유령신마에게로 고개를 돌렸다.

"또 왜요?"

불길한 느낌을 받으며 시선을 돌렸지만 돌아온 대답은 없었다.

대신 이번에도 우악스런 유령신마의 오른손이 다가왔다.

한 번 경험이 있었기에 방어하기 위해 사무진이 양손으로 만질만질한 머리를 감쌌지만 유령신마가 이번에 노린 것은 사무진의 머리가 아니었다.

획. 획.

"어… 어……."

당황해하는 사이 사무진의 옷이 모조리 벗겨졌다.

유령신마에 의해 순식간에 속옷까지 남김없이 모조리 벗겨지고 나자 사무진은 머릿속이 아득해졌다.

금방 강제로 땅속에 들어갔다 와서 가뜩이나 정신이 없는 와중에 속옷까지 모두 벗겨지자 덜컥 겁이 났다.

'변태 살인마?'

그와 함께 머릿속에 떠오른 생각은 남색을 즐기는 변태 살인마였다.

'머리카락도 한 올 없고 눈썹까지 민 것이 심상치 않다 생각했더니……'

당황스럽기 그지없는 와중에도 사무진은 머리를 굴렸다.

변태 살인마의 노리개나 되다가 초라하게 죽음을 맞을 수는 없었으니까.

"저기요. 아무리 그래도 이건 아니잖아요."

"……"

"제가 괜찮은 할머니로 한 분 소개시켜 드리면 안 될까요?"

"……"

"할머니 아니면 아주머니로 어떻게……"

조심스럽게 꺼낸 사무진의 말에 가타부타 대답도 없이 유령신마는 사무진의 목덜미를 움켜쥐었다.

"피부 곱다!"

유령신마의 이야기를 듣자마자 숨이 턱하고 막혔다.'

'지금까지 고이고이 지켜온 내 정조는 이렇게 끝나는구나!'

목과 등에 닿는 주름진 유령신마의 손바닥 감촉을 느끼면서 사무진은 온몸에 소름이 돋았다.

그리고 그것을 느꼈을까?

위로라도 하듯이 유령신마가 한마디를 던졌다.

"긴장 풀어!"

'지금 이 상황에 긴장 안 하게 생겼냐?

사무진에게는 조금도 도움이 안 되는 한마디.

그런 그에게 유령신마의 마지막 한마디가 이어졌다.

"들어간다!"

사무진의 머릿속을 하얗게 만드는 이야기.

그리고 그 순간 사무진의 만질만질한 머리부터 땅속으로 밀려들어 갔다.


꼬박 두 달이 넘게 유령신마에게 시달렸다.

다행히 사무진이 생각했던 최악의 상황은 아니었다.

고이고이 지켜온 정조를 잃지 않았으니까.

하지만 자신의 의지와 전혀 상관없이 하루 종일 땅속에 처박혀 있는 것도 그리 즐거운 일은 아니었다.

온몸에서 힘이 다 빠져나가서 숟가락을 들고 있는 오른손이 덜덜 떨리고 있었다.

그래도 굶어 죽을 수는 없다는 본능에 충실하게 간신히 숟가락으로 멀건 죽을 떠먹고 있던 사무진은 조금 여유가 생기자 갑자기 궁금해졌다.

유령신마라는 노인이 왜 자꾸 자신을 땅속으로 밀어 넣는가가.

그래도 유령신마라는 변태 살인마보다는 그나마 말이 잘 통하는 검마 노인을 향해 사무진이 질문을 던졌다.

"저기요, 그냥 계속 예전처럼 숟가락으로 땅 파면 안 될까요?"

"……."

"저 진짜 이해가 안 되거든요. 대체 왜 제가 땅속을 기어다녀야 하는지요."

후루룹.

애처로운 사무진의 목소리를 듣고서야 검마 노인이 멀건 죽을 한 방울도 남기지 않고 모두 마신 후 대답했다.

"호랑이!"

"호랑이는 땅 위로 다니는데요."

"안다!"

"대단한 걸 알고 계시네요."

심기가 불편해질 만큼 불편해진 사무진의 입에서 고운 대답이 흘러나올 리 없었다.

하지만 검마 노인은 전혀 개의치 않고 사무진의 손에서 숟가락을 빼앗았다.

"땅속에서."

"……?"

"찌른다!"

숟가락의 날카로운 부분이 사무진의 맨살로 찌르고 들어오자 꽤나 아팠다.

그래서 인상을 쓰고 있던 사무진이 가만히 고개를 끄덕였다.

처음엔 말도 안 되는 소리라고 생각했는데 듣고 보니 그럴 듯했다.

싸움질이라고는 해본 적이 없는 사무진이 고작 숟가락 하나를 들고서 거대한 호랑이를 이길 확률은 거의 없었다.

솔직히 말해서 호랑이가 노려보면서 포효만 해도 그대로 얼어붙어 움직일 엄두도 날 것 같지 않았다.

차라리 호랑이가 보이지 않는 땅속에 웅크리고 있다가 기습하는 편이 훨씬 더 나을 것 같았다.

멀건 죽을 뜨는 데 사용하고 있던 숟가락을 향해 사무진이 다시 시선을 던졌다.

아직 희대의 신병이기인 숟가락의 사용법을 제대로 몰랐기에 가장 날카로운 부분으로 찌르는 수밖에는 없었다.

'과연 호랑이의 질긴 가죽을 뚫을 수 있을까?'

의문이 생겼다.

그렇지만 아무리 생각해도 다른 방법이 없었다.

호랑이의 질긴 가죽이 뚫릴 때까지 죽어라고 찌르는 수밖에는.

그때부터 사무진의 일과는 조금 달라졌다.

여전히 유령신마로 인해 땅속에 처박혀서 시달리는 것은 마찬가지였지만 잠자는 시간까지 줄여가며 숟가락의 수저 부분을 뾰족하게 갈기 시작했다.

시간은 쏘아진 화살처럼 빠르게 지나갔다.

"호랑이 고기 내려올 시간이다!"

검마 노인이 곁에서 속삭여 주지 않아도 그 정도는 사무진 도 알고 있었다.

그그긍!

천장에서 문이 열리는 소리가 들렸으니까.

와락.

신병이기 숟가락을 쥔 사무진의 표정이 긴장으로 인해서 잔뜩 굳어졌다.

한 달 동안 갈아서 이제는 날카롭게 변한 숟가락의 손잡이 부분이 호랑이의 가죽을 뚫을 수 있기를 빌 뿐이었다.

"이건 막내의 일!"

"알아요."

"……."

"근데 막내는 참 힘드네요. 그러고 보면 검마 노인도 참 대 단해요. 이 힘든 막내 생활을 무려 삼십 년씩이나 했으니."

사무진에게서 흘러나오고 있는 존경의 눈빛을 마주하고 있던 검마 노인이 대답했다.

"죽지 마, 막내!"

진심으로 사무진을 위하는 마음에서 한 말일까?

아니면 사무진이 죽고 나서 다시 자신이 막내가 되는 것이 싫어서 하는 말일까? 검마 노인의 진심을 알 수 없었지만 사무진은 더 기다리지 않고 땅속으로 파고들었다.

한시가 급했으니까.

그와 동시에 천장에서 호랑이가 한 마리 떨어져 내렸다.

으르렁!

동혈의 내부가 떠나가라 포효하고 있는 호랑이를 멀뚱히 바라보던 검마 노인이 곁에 서 있는 유령신마에게로 고개를 돌렸다.

"좀 시끄럽네요."

"그래."

"요즘 무림맹 애들이 약이 오른 것 같습니다. 크고 포악한 놈들만 보내는 것을 보니."

"무림맹 애들도 귀찮을 거야. 석 달에 한 마리씩 잡아서 내려 보내려면."

"인내심이 대단합니다."

"그래, 마교 애들도 배울 건 배워야 돼."

"그나저나 우리 귀여운 막내가 저놈을 잡는 것은 아직 힘들 듯한데, 저희가 좀 도와주도록 할까요?"

"그렇게 하지."

유령신마가 고개를 끄덕이는 것을 확인하자마자 검마 노인이 호랑이와 시선을 마주한 채 눈살을 찌푸렸다.

마치 눈싸움을 하듯 서로를 노려본 지 한참, 바닥에 떨어지자마자 기세 좋게 포효하던 호랑이가 주춤하며 뒤로 물러났다.

타닷!

그리고 그 순간, 삼 장의 공간을 순식간에 좁힌 검마 노인의 오른손이 호랑이의 머리를 후려쳤다.


"후읍."

땅속으로 파고들기 전 사무진이 크게 숨을 들이마셨다.

하지만 습관일 뿐이었다.

지금 사무진이 들이마신 한 모금의 호흡은 땅속으로 들어간 이후에는 거의 도움이 되지 못했다.

처음 유령신마가 옷을 벗길 때만 해도 변태 살인마가 아닐까 하는 생각을 했었는데 거기에는 다 이유가 있었다.

공기가 희박한 땅속에서 숨이 막혀 죽지 않기 위해서는 피부 호흡 외에 다른 방법은 없었다.

물론 지금까지 멀쩡한 코와 입으로 맑은 공기를 들이마시는 편안한 생활만 했던 사무진이 처음부터 피부 호흡이 될 리가 없었다.

코와 입에 흙이 가득 찬 상황!

죽을힘을 다해 숨을 들이마셔 보았지만 흙으로 가득 찬 코와 입으로는 한 모금의 숨도 들어오지 않았고 이제는 정말 꼼짝없이 죽었다고 생각한 순간, 유령신마가 말했다.


"즐겨!"

유령신마가 땅속에서 어떻게 입을 열어서 말했는지는 몰랐다.

하여간 중요한 것은 말도 안 되는 소리라는 것이었다.

땅속에 생매장당한 채로 죽기 일보 직전의 순간에 갑자기 즐기라니.

'역시 변태 살인마!'

정신이 몽롱해졌다.

분명히 땅속에 묻혀 있는데 몸이 붕붕 뜬다는 느낌이 들었다.

'호랑이의 날카로운 송곳니에 갈가리 찢긴 채 죽는 것보다 생매장당해서 죽는 편이 나으려나?'

생과 사의 경계에서 떠올린 생각으로는 참으로 초라했다.

그렇게 눈을 감고 있어서 아무것도 보이지 않고 껌껌하기만 하던 사무진의 눈앞이 갑자기 환하게 밝아졌다.

그리고 이상한 것이 보였다.

짹. 짹.

따뜻한 햇살이 비추고 있었다.

그리고 그 따뜻한 햇살 아래 처음 보는 이름 모를 새가 종알거리며 날아다니고 예쁘게 피어있는 꽃들 위로 벌과 나비들이 사이좋게 노닐고 있었다.

'그래도 좋은 곳으로 왔네. 희대의 살인마들에게 둘러싸여

서 그리 고생을 한 것을 하늘도 불쌍히 여겼나 보구나.'

히죽, 웃으며 생각을 정리하고 있던 사무진이 폐부 깊숙이 맑은 공기를 들이마시기 위해서 입을 벌렸다.

그리고 그 순간, 한가로이 뛰놀던 나비와 벌들, 그리고 새들이 약속이나 한 듯 갑자기 사라졌다.

대신 어디선가 갑자기 나타난 하얀 빛 덩이가 쩍 벌리고 있는 사무진의 입속으로 들어가 버렸다.

'뭐야, 이건?'

뜨거웠다.

목구멍을 다 태워 버릴 정도로 뜨거운 기운을 느끼며 비명을 지르려 했지만 그 비명조차도 새어 나오지 않았다.

그 순간 머리 끝부분이 뜨끔했다.

그와 동시에 거짓말처럼 숨통이 트였다.

코와 입은 흙으로 인해 가득 메워져서 여전히 공기를 들이마실 수 없었지만 땀으로 번들거리고 있는 사무진의 온몸으로 공기가 들락날락거리기 시작했다.

그때부터였다, 땅속이 편안하게 느껴지기 시작했던 것은.

쿵. 쿵.

처음 피부 호흡을 했던 당시의 기억을 떠올리며 땅속에서 천천히 돌아다니고 있는 사무진의 귀에 둔중한 발소리가 들렸다.

'더럽게 큰가 보네!'

그 발소리를 듣고 한숨을 쉬며 사무진은 조심스레 호랑이의 발소리가 들리는 곳으로 다가갔다.

'한 방, 딱 한 방에 끝내야 된다!'

긴장이 되었다.

신병이기인 숟가락을 들고 있는 오른손에 잔뜩 힘을 실었다.

'지금!'

사무진이 땅속에서 빠져나왔다.

그런 사무진의 눈에 가장 먼저 보이는 것은 알록달록한 털로 덮여 있는 호랑이의 뱃가죽이었다.

코와 입을 가득 메우고 있는 흙을 뱉어낼 시간도 없었다.

눈이 마주치지 않은 것이 다행이라 생각하며 사무진이 젖먹던 힘까지 다해서 호랑이의 뱃가죽에 숟가락을 밀어 넣었다.

푸욱. 푸욱. 푸욱.

'응?'

마음먹은 대로 한 방이 아니라 수십 번을 찔렀다.

그런데 의아할 정도로 쉽게 숟가락이 호랑이의 뱃가죽을 뚫고 들어갔다.

"역시 신병이기!"

숟가락이 파고든 호랑이의 뱃가죽에서 흘러내리는 붉은 선혈을 고스란히 맞으며 사무진은 이 숟가락이 신병이기라는 확신을 가졌다.


사무진이 혼자 힘으로 땅속으로 돌아다니기 시작하자 유령신마는 할 일을 다 했다는 듯이 다시 동그랗게 몸을 말고서 잠에 빠져들었다.

그리고 그제야 다시 숟가락을 들고 땅을 파던 사무진은 갑자기 한 가지 의아한 것이 생겼다.

땅속을 제집처럼 돌아다니게 된 지금, 굳이 용을 쓰며 땅을 팔 이유가 없다는 생각이 들었다.

"그냥 땅속으로 나가면 되잖아!"

숟가락을 들어 머리를 쳤다. 이 기특한 생각을 왜 지금에서야 떠올렸을까 하는 자책을 하며.

그리고 사무진은 입고 있던 옷을 하나하나 벗었다.

생각난 김에 바로 실천에 옮길 생각이었다.

일분일초라도 빨리 이 희대의 살인마들에게서 벗어나고 싶은 것이 사무진의 절실한 심정이었으니까.

어쩌면 꽤나 오래 땅속을 헤매고 다녀야 할지도 모르는 이상, 아무래도 옷을 벗고 있는 것이 편했다.

사무진이 희망에 가득 찬 얼굴로 땅속으로 파고들려는 찰나, 귀신처럼 기척도 없이 누군가가 다가왔다.

와락!

그리고 갑자기 나타난 노인은 가타부타 아무런 말도 없이 사무진의 소중한 물건을 움켜쥐었다.

"으아악!"

금방이라도 자신의 소중한 물건이 터져 버릴 것 같은 지독한 고통에 사무진이 참지 못하고 소리를 질렀다.

하지만 사무진의 물건을 움켜쥐고 있는 노인은 눈도 꿈쩍하지 않았다.

"작네!"

"뭐… 요?"

"이런 거 달고 쪽팔려서 어떻게 살까?"

다행히 노인이 사무진의 물건을 움켜쥐고 있는 손에서 힘을 조금 빼주었다.

덕택에 간신히 정신을 차린 사무진이 인상을 썼다.

은근히 자존심이 상했다.

무시하면 되는데 자존심이 상해서 견딜 수가 없었다.

"사내라면……."

그래, 사내라면 이런 이야기를 듣고 참아서는 안 되었다.

설령 몇 대 맞는 한이 있더라도.

"이 정도는 되어야지."

해서 대체 노인장의 물건은 얼마나 크기에 큰소리냐고 소리를 지르려던 사무진은 급히 입을 다물었다.

훌렁.

바지를 내린 노인의 물건은 컸다.

그런 말을 할 자격이 있을 정도로.

기가 잔뜩 죽은 사무진이 볼을 실룩였다.

"새끼손가락만 해가지고!"

그리고 노인이 꺼낸 마지막 말에 사무진의 얼굴이 붉게 상기되었다.

第三章
환환만화공(歡歡滿花功)

共同
傳人
공동전인

'부러우면… 지는 거다!'

애써 아무렇지 않은 척하려 했지만 자꾸만 거대한 노인의 물건으로 시선이 갔다.

몰래 힐끔힐끔 훔쳐보고 있던 사무진이 부끄럽다는 생각이 들어 주섬주섬 옷을 챙겨 입을 때였다.

"쪽팔리지?"

"그런 게 아니라……."

"좀 크게 만들어줄까?"

"됐어… 아니."

자신도 모르게 소리를 지르던 사무진은 다시 입을 다물

었다.

아닌 척해도 늠름한 노인의 물건은 부러울 정도였다.

그래서 더 자신의 물건은 왜소해 보였고.

잠시 망설이던 사무진은 노인의 늠름한 물건을 보고 결심을 굳혔다.

"헤헤, 가능한 겁니까?"

"그럼."

"어르신만 믿겠습니다."

속는 셈치고 한번 믿어보기로.

"그런데 어르신의 성함이?"

"색마!"

"별호시죠?"

"그래!"

"멋있네요."

그리고 이왕 믿기로 한 것, 충실히 따르기로 했다.

아무래도 색마 노인의 저 거대한 물건은 너무 부러웠다.


"아, 뜨거. 이거 너무… 너무 뜨거운데요."

어금니가 부서질 정도로 이를 악물고 참으며 사무진이 겨우 한마디를 뗐다.

그리고 사무진은 색마 노인이 오른손으로 움켜쥐고 있는 자신의 물건 쪽으로 시선을 던졌다.

대체 뭘 어떻게 했는지 몰라도 뜨거워서 죽을 것만 같았
다.

"혹시 이러다가 녹아서 없어지는 것 아니에요?"

"워낙 작아서 있으나 없으나 큰 차이가 없다."

"그래도 남의 소중한 물건을 그렇게 함부로 말하시면… 크
아악!"

사무진이 다시 비명을 질렀다.

예고도 없이 색마 노인이 사무진의 소중한 물건을 인정사
정 보지 않고 잡아당겨서.

고개를 숙인 사무진의 눈에 잡아당기는 힘에 의해서 볼품
없이 쭉 늘어난 소중한 자신의 물건이 들어왔다.

"다행히… 녹지는 않았네요."

힘없는 사무진의 말이 끝나기가 무섭게 색마 노인은 사무
진의 소중한 물건을 왼손으로 바꾸어 잡았다.

그러자 이번에는 아까와 달리 지독한 한기가 밀려들었
다.

"아, 차거!"

"흐음!"

"다시 쪼그라들었네요."

뼈를 얼려 버릴 정도의 차가움보다도 다시 쪼그라든 자신
의 물건에 실망한 표정을 짓고 있는 사무진을 향해 색마 노인
이 대답했다.

"조금 커졌다."

"전보다 작아진 것 같은데요?"

"죽을래?"

"제가 잘못 봤네요. 커졌어요. 헤헤."

'죽을래'라는 말을 밥 먹듯이 연발하고 있는 희대의 살인마들 앞에서 사무진은 살기 위해 꼬리를 내렸다.

그리고 그제야 만족한 표정을 지은 색마 노인이 다시 사무진의 소중한 물건을 오른손으로 움켜쥐었다.

"한 만 번쯤 하면 조금 커지겠군."

"이걸 만 번씩이나요?"

"네 물건이 워낙 작아서 어쩔 수 없다."

"그냥 이대로 살면 안 될까… 크아악!"

고통에 겨운 사무진의 비명 소리가 조용한 동혈 내부에 울려 퍼졌다.


"이렇게요?"

흔들.

"요렇게요?"

흔들.

"그럼 이거로군요. 이렇게 웃을 때 우리 동네에서 제일 예뻤던 요선이가 내게 마주 웃어줬는데."

따악!

하얀 이빨을 드러내며 바보같이 웃고 있던 사무진의 뒤통수로 기어이 색마 노인의 매서운 손속이 날아들었다.

'웃는 얼굴에는 침도 안 뱉는다는데, 뒤통수를 때리다니… 역시 희대의 살인마!'

"바보 같다!"

울컥했다.

그렇지만 애써 치밀어 오르는 화를 눌러 앉히고 사무진은 다시 헤헤 웃었다.

"그럼 어떻게 웃을까요?"

"보일 듯 말 듯."

"보일 듯 말 듯이라."

"이빨 보이지 마라. 병신 같다."

기어이 한 대 더 얻어맞은 사무진이 짧게 한숨을 내쉬었다.

벌써 한 시진째 스무 대도 더 얻어맞으면서 실실 웃고 있었다.

이렇게 웃으면 아무리 예쁜 여자라도 꼬일 수 있다는 말과 빨리 안 하면 죽여 버린다는 협박에 넘어가서 웃고는 있지만 잘될 리가 없었다.

"일단 다음으로 넘어가자!"

포기한 듯한 색마 노인의 말을 듣고 사무진이 안도의 한숨을 내쉬자마자 이번에는 색마 노인이 춤을 추기 시작했다.

덩실덩실.

피식.

음악도 없이 혼자서 신이 나서 춤을 추는 색마 노인을 보던 사무진이 참지 못하고 실소를 터뜨렸다.

'미친 살인마!'

드디어 맛이 간 것이 틀림없었다.

말도 안 되는 색마 노인의 춤사위를 바라보며 웃던 사무진은 어느새 노인의 춤사위가 멈춘 것을 확인하고 웃음을 거두었다.

"왜 멈추세요?"

"죽을래?"

"저는 오래오래 살고 싶은데요. 헤헤."

소리를 지르는 색마 노인의 표정이 심상치 않음을 확인하고 사무진이 다시 바보 같은 웃음을 지었다.

"좋아?"

"네?"

"내 환환마화공에 여자가 아니라 남자가 넘어가는 것은 또 처음이로군. 실실 쪼개기는. 병신 새끼!"

"……."

"똑같이 따라 해봐."

졸지에 병신이 된 사무진이 입술을 삐죽이며 앞으로 나섰다.

그리고 대충 봤던 것을 떠올리며 덩실덩실 춤을 추기 시작했다.

그 모습을 흥미롭게 바라보던 검마 노인과 유령신마 노인은 사무진이 춤을 추는 것을 보다 약속한 듯이 외면했다.

다행히 끝까지 바라보고 있던 색마 노인이 한참만에야 만
족한 듯 웃음을 지었다.

그것을 확인한 사무진이 들뜬 마음에 물었다.

"좋으세요?"

그리고 색마 노인의 대답이 돌아왔다.

"너, 몸치지?"


신선놀음이란 말이 있다.

그리고 신선놀음에 빠져서 도끼 자루 썩는지도 모른다는
이야기도 있다.

사무진은 신선놀음에 빠졌다.

바보같이 웃다가 이상한 춤을 혼자 미친놈처럼 추다가 때
가 되면 멀건 죽을 먹고 잠이 드는.

그래서일까?

석 달이란 시간은 또 훌쩍 지나갔다.

검마 노인이 다가오는 것도 모르고 실실 쪼개며 춤을 추고
있던 사무진은 코앞까지 다가와서야 춤을 멈추었다.

"웃지 마라!"

"왜요? 너무 매력적이어서 마음이 흔들려요?"

기대에 찬 사무진의 한마디!

하지만 검마 노인의 대답은 그 기대를 무너뜨렸다.

"바보 같다!"

그래서 사무진이 얼굴을 찡그릴 때 검마 노인이 다시 입을 뗐다.

"별식 오는 날!"

"벌써요?"

"막내의 일!"

사무진이 묵묵히 고개를 끄덕였다.

이미 한 번 호랑이를 잡아본 경험이 있었기에 그리 두렵지 않았다.

오래간만에 땅속으로 파고드는 것이 그리 내키지는 않았지만 신병이기 숟가락과 함께라면 무서울 것이 없었다.

그그긍!

"벌써 오네. 얼른 들어가야겠다."

오른손에 숟가락을 꽉 움켜쥔 채 땅속으로 파고들려 하던 사무진은 결국 자신의 뜻대로 땅속으로 들어가지 못했다.

어느새 다가와 뒷덜미를 움켜쥐고 있는 색마 노인 때문에.

"나 막내!"

"······."

"그러니까 호랑이 잡아야 돼요! 얼른 놔줘요!"

다급한 마음에 사무진이 소리를 질렀지만 색마 노인은 결국 뒷덜미를 움켜쥐고 있는 손을 풀지 않았다.

대신 한마디를 던졌다.

"웃어!"

"뭐라고요?"

"웃으라고. 그리고 춤춰."

크르릉!

어느새 동혈로 내려와서 날카로운 이빨을 드러내고 있는 호랑이와 시선이 부딪치자마자 사무진은 급히 시선을 돌렸다.

"농담이죠?"

"비싼 죽 먹고 쉰 소리 하지 않는다!"

비싼 죽은 아닌데…….

입술을 삐죽 내밀던 사무진은 색마 노인의 눈빛을 마주하고는 농담이 아니라는 것을 본능적으로 느꼈다.

"미친놈처럼 웃고 춤추다가 호랑이에게 잡아먹히라고요?"

"꾀어라."

"뭘요? 설마 호랑이를요?"

"된다, 암컷이면."

이걸 믿어야 할까?

그 말만을 남기고 색마 노인이 번개같이 사라졌다.

답답한 마음에 가장 먼저 검마 노인을 바라보았지만 왜인지는 몰라도 사무진의 시선을 외면했다.

'이제는 땅속으로 파고들기도 늦었다. 진짜 춤이라도 춰야 하나?'

크르릉!

길게 생각할 틈도 없었다.

호랑이의 벌건 눈과 마주치자마자 사무진은 억지로 웃었다.

그리고 다른 방법이 없었다.

떨어지지 않는 발걸음을 억지로 떼며 색마 노인에게 배운 춤을 추기 시작했다.

덩실덩실.

소중한 목숨이 걸려 있었기에 혼신의 힘을 다해 춤을 추던 사무진이 힐끗 호랑이를 훔쳐보았다.

그런데 이상했다.

금방이라도 달려들어서 사무진의 목을 물어뜯을 기세였던 호랑이가 꿈쩍도 하지 않고 자신을 노려보고 있었다.

"되나?"

믿기지 않는 현실에 사무진이 오히려 얼떨떨했다.

"진짜 되나?"

그리고 이 웃음과 춤이 유일한 생명줄이라는 생각에 더욱 열심히 춰야겠다는 생각을 할 때, 호랑이가 갑자기 움직였다.

콰악.

앞발로 지면을 박차자마자 어느새 오 장이 넘는 거리를 좁힌 호랑이가 지척까지 다가와 날카로운 이빨을 드러내고 있었다.

본능적으로 오른손에 움켜쥐고 있던 숟가락을 들어 올렸

지만 이미 늦었다는 것은 사무진이 누구보다 잘 알고 있었다.

그리고 지독한 구취를 풍기며 호랑이의 날카로운 이빨이 목덜미에 닿기 직전 사무진이 유언처럼 소리를 질렀다.

"씨발! 수컷!"


우적우적.

노린내가 하나도 나지 않았다.

아니, 솔직히 말하면 호랑이 고기에게서 풍기는 지독한 노린내 따위는 지금 사무진에게 전혀 역겹지 않았다.

어쩌다가 이 끔찍한 동혈에 들어와서 희대의 살인마 노인들 틈에 섞여 살며 벌써 몇 번이나 죽을 고비를 넘겼는지 모른다.

불과 한 시진 전에도 호랑이에게 목을 물려 죽을 뻔했으니.

이렇게 살아남아서 호랑이 고기를 뜯을 수 있는 현실이 그저 고마울 뿐이었다.

"언제 죽을지 몰라. 그러니 많이 먹어두자. 그래도 먹다가 배 터져서 죽은 귀신은 굶어 죽은 귀신하고는 때깔부터가 다르다잖아?"

이미 배가 불렀지만 억지로 꾸역꾸역 밀어 넣고 있던 사무진이 슬쩍 고개를 돌려 색마 노인을 노려보았다.

수컷 호랑이 앞에서 덩실덩실 춤을 추게 만든 장본인.

하지만 색마 노인은 미안한 기색도 전혀 없이 한쪽 눈을 깜박였다.

징그럽게.

"미친 살인마!"

얼굴을 찡그리며 욕을 하던 사무진은 어깨에 닿는 주름진 손을 느끼고 흠칫했다.

혹시 노인답지 않게 귀가 밝은 색마 노인이 자신이 욕하는 것을 듣고서 달려왔는가 하는 생각에.

하지만 다행히 색마 노인은 아니었다.

그리고 그나마 이곳의 노인들 중에서 가장 인자하게 생긴 노인을 보고 사무진이 반가운 마음에 소리쳤다.

"눈으로 벽 뚫던 노인!"

이 동혈에 들어와서 사무진이 처음으로 말을 걸었던 노인이 바로 이 노인이었다.

혼자 벽을 보고 앉아서 눈싸움을 하던 노인.

"눈으로 벽을 뚫을 수는 없다."

"그럼 그때는 왜 그렇게 벽을 노려보고 있었어요?"

"벽이 아파서."

'이건 또 무슨 개소리야?'

역시 그나마 멀쩡해 보이는 외모에 속아서는 안 되었다.

당최 말도 안 되는 소리를 지껄이고 있는 노인을 보며 짤막하게 한숨을 내쉰 사무진이 예의상 물었다.

"별호가?"

어차피 이름 대신 별호를 답할 것이 틀림없었다.

그래서 이번에는 어떤 대답을 꺼낼까 기대하며 물었던 사무진은 자신도 모르게 실소를 흘리고 말았다.

"심마!"

누가 지었는지 별호 하나는 기가 막히게 지었다는 생각과 함께.

이 노인과 대화를 나누다가는 저절로 심마가 찾아오겠다는 생각을 하며 사무진이 웃음을 거두지 못할 때, 심마 노인이 입을 뗐다.

"가자!"

"어디요?"

"벽 보러!"

"네?"

"벽이 아파하는 이유를 알려주마."

정말 말도 안 되는 대화가 끝났다.

그리고 사무진은 가타부타 대답도 하기 전에 이미 뒷덜미를 잡힌 채 질질 끌려가기 시작했다.


"혹시… 이건 진짜 혹시 해서 물어보는 건데요."

"뭐냐?"

"벽이 말이라도 하나요? 아프다고."

"미친놈!"

서러웠다.

제정신이 아닌 것 같은 심마 노인에게서 미친놈이라는 말을 듣는 순간 지독한 서러움이 밀려왔다.

"뭐가 보이냐?"

"벽요."

퉁명스런 사무진의 대답이 흘러나오기가 무섭게 심마 노인이 고개를 흔들었다.

"다른 것은?"

"이끼요."

흔들.

"거미요."

흔들.

"개미요."

흔들.

끝없이 고개를 흔들고 있는 심마 노인을 향해 대답하던 사무진은 짜증이 일려왔다.

벌써 세 시진째 발가락만 꿈지럭거리며 벽을 노려보고 있었다.

그리고 그동안 사무진은 자신이 본 것들을 모조리 이야기했건만 노인은 자꾸 아니라고 고개만 흔들고 있었다.

"그럼 어르신은 뭘 봤는데요?"

"상처."

"네?"

"벽이 품고 있는 상처."

심마 노인의 기가 막힌 대답에 속이 부글부글 끓어오르기 시작했다.

차라리 숟가락을 들고 땅을 파거나, 땅속을 돌아다니거나, 덩실덩실 춤을 추는 것이 훨씬 나았다.

정신이 완전히 나간 심마 노인과 함께하는 것은 너무 큰 곤욕이란 생각을 하며 한숨을 내쉬던 사무진의 머릿속에 한 가지 불길한 생각이 스치고 지나갔다.

호랑이 고기를 잡던 날은 항상 뭔가 배운 것들을 이용했다.

검마 노인에게서는 신병이기 숟가락을 사용하는 법을, 유령신마 노인에게서는 땅속으로 돌아다니는 기술을, 그리고 색마 노인에게서는 덩실덩실 춤을 추는 기술을 배워서 그것들로 호랑이를 상대했었다.

'설마?'

말도 안 된다고 생각을 하면서도 이상하게 불안했다.

"저기……."

정신이 반쯤 나간 것이 틀림없는 심마 노인과는 더 이상 말을 섞고 싶지 않았지만 어쩔 수 없이 사무진이 입을 뗐다.

"뭐냐?"

"석 달 뒤에 호랑이가 내려오면 설마 이렇게 노려봐서 죽

여야 하나요?'

"그래!"

아까와는 달리 처음으로 고개를 끄덕이는 심마 노인을 보며 사무진의 머릿속이 아득해졌다.


보라는 석벽은 바라보지 않고 사무진은 며칠째 심마 노인의 눈만 바라보았다.

'눈에서 검이 튀어나갈지도 몰라!'

아직 호랑이 고기가 내려올 때까지는 꽤나 많은 시간이 남아 있었지만 사무진은 마음이 급했다.

가만히 노려보는 것만으로 그 무서운 호랑이를 죽일 수 있을 리가 없었다.

사람의 눈에서 검이 튀어나오는 것이 말도 안 된다는 생각을 하면서도 사무진은 답답한 마음에 시선을 떼지 못하고 있는 것이었다.

그런 사무진의 시선을 느꼈을까?

심마 노인이 사무진에게 고개를 돌리며 입을 뗐다.

"벽 봐!"

"저는 어르신을 보는 것이 좋아요."

"색마랑 며칠 어울리더니 취향이 이상해졌군."

"어르신 눈에서 혹시 검이나 화살 같은 것이 튀어나가지는 않나요?"

"미친놈. 눈알을 뽑아서 날려줄까?"

소름이 돋을 정도로 무서운 이야기를 조곤조곤 귓가에 대고 속삭이는 심마 노인의 말에 사무진은 급히 눈을 감았다.

진짜로 눈알을 뽑을 것 같아서.

조금 뒤 조심스럽게 눈을 뜨자마자 사무진을 향해 심마 노인은 또다시 뜬금없는 한마디를 던졌다.

"간덩이가 부었구나?"

"네?"

"어린것이 술을 얼마나 처먹었으면."

혀를 차는 심마 노인을 보며 사무진이 의아한 표정을 지었다.

실제로 사무진은 태어날 때부터 간이 좋지 않았다.

그리고 이 이상한 동혈에 갇히기 전, 상사병을 앓으면서 아픈 마음을 날마다 술로 지새우다가 술병이 나서 앓아누운 적도 있었다.

"어떻게 알았어요?"

"색깔이 다르니까."

"색깔요?"

"아프고 약한 곳은 하얗지. 강한 것은 붉고."

여전히 제정신이 아니라는 생각을 하면서도 사무진은 궁금해졌다.

"그럼 제 간 부위만 하얀가요?"

"아니!"

"약한 것은 하얗다면서요?"

짜증이 담긴 사무진의 질문이 끝나기가 무섭게 심마 노인이 대답했다.

"넌 온몸이 완전히 하얗다!"


꾸벅.

하루 종일 석벽만 바라보는 것은 분명 지루한 일이었다.

이 지루한 일을 무려 두 달도 넘게 밤낮없이 계속하고 있었으니 그사이 미치지 않은 것이 기적이었다.

물론 그동안 달라진 것은 별로 없었다.

심마 노인이 말하던 석벽의 상처 따위는 보일 기미도 보이지 않았다.

그나마 조금 달라진 것은 집중력이 늘어난 것이었다.

마땅히 할 일이 없어서 하루 종일 느릿하게 움직이는 개미나 거미의 일거수일투족을 감시하고 지냈다.

그러다 보니 예전에는 전혀 보이지 않던 것이 보이기 시작했다.

예를 들면, 개미나 거미의 똥구멍이라든지 다리에 붙어 있는 털이 몇 개인지 등등.

그러나 별로 기쁘지는 않았다.

개미나 거미의 똥구멍이 벌렁거리는 것을 봤다는 것이 그리 자랑할 만큼 대단한 일은 아니니까.

오늘도 개미가 똥구멍을 벌렁거리며 느릿느릿 움직이는 것을 바라보다 보니 슬슬 잠이 몰려오기 시작했다.

자신도 모르게 깜박 잠에 들었다가 쿵 하는 소리에 놀라 눈을 뜬 사무진은 다시 벽을 노려보기 시작했다.

유령신마 노인이 몸을 동그랗게 말고 잠을 자다 구르기 시작했다.

그리고 얼마 지나지 않아 벽에 부딪쳐서 쿵 하는 소리가 들려왔다는 것을 깨닫자 다시 솔솔 잠이 몰려왔다.

스스스스슥.

그때였다.

막 잠결로 파고들려고 하는 사무진의 귓가로 어떤 소리가 들린 것은.

'뭐지?'

호기심이 발동해서 게슴츠레하게 반쯤 눈을 뜬 사무진의 눈에 충격으로 인해 자그마한 모래 같은 것이 석벽에서 떨어져 내리는 것이 보였다.

'별것도 아니잖아!'

실망한 기색으로 다시 눈을 감고서 잠을 청하려던 사무진은 뭔가 이상하다는 생각에 눈을 번쩍 떴다.

"하얀 모래?"

떨어지고 있는 모래가 하얀색이었다.

그뿐이 아니었다.

지금까지 한결같은 검은색이었던 석벽이 다른 색으로 변해 있었다.

노란색, 파란색, 붉은색까지.

반쯤 잠에 취해서 게슴츠레하게 눈을 뜨고 있던 사무진은 갑작스런 상황에 잠이 확 달아났다.

"빨간색은 강한 것, 하얀 것은 약한 것이라고 그랬지?"

말도 안 되는 소리라고 흘려들었음에도 기억 속에 남아 있는 것을 떠올리며 사무진은 급히 자신을 살폈다.

"진짜 하얗네!"

어찌 된 영문인지는 몰라도 사무진은 벌거벗고 있는 자신의 몸이 살색이 아니라 온통 하얀색이라는 것을 깨닫고는 쓴 웃음을 지었다.

그리고 퍼뜩 생각이 떠오른 듯 드러누워 자고 있는 검마 노인과 색마 노인에게로 시선을 돌렸다.

"역시 희대의 살인마들!"

온통 붉은색 일색인 노인들을 보며 사무진은 혀를 내둘렀다.


"고기 오는 날!"

"내가 막내!"

마치 암호처럼 이야기를 주고받자마자 사무진은 비장의

무기인 숟가락을 들어 올리며 웃음을 지었다.

"하나만 묻죠."

"두 개 물어도 상관없다."

"하나면 충분해요. 이 숟가락, 신병이기죠?"

"숟가락은 그냥 숟가락."

"그래도……?"

"조금 단단한 숟가락."

단언하는 검마 노인을 보던 사무진이 고개를 끄덕였다.

하지만 그 대답을 듣자마자 불안한 느낌이 드는 것은 어쩔 수가 없었다.

그래서 힘없이 어깨를 늘어뜨리고 있는 사무진을 안쓰럽 게 바라보던 검마 노인이 한마디를 더했다.

"신병이기는 따로 없다."

"……?"

"숟가락도 누가 쓰느냐에 따라서 신병이기가 된다."

힘내라는 듯 툭툭 어깨를 두드려 주는 검마 노인을 바라보 던 사무진이 다시 시선을 돌렸다.

쿠르릉.

오늘도 어김없이 천장이 열리며 집채만 한 호랑이가 한 마 리 바닥으로 떨어져 내렸다.

"크네!"

이제는 익숙해져서인지 겁먹은 기색도 없이 멀뚱멀뚱 호

랑이를 바라보던 사무진이 눈을 게슴츠레하게 떴다.

"보여라, 보여라."

심마 노인이 가르쳐 주었던 석벽의 아픔을 찾는 방법은 아무 때나 되는 것이 아니었다.

신기하게도 이렇게 눈을 게슴츠레하게 뜨고 멍하니 있을 때만 강하고 약한 부분이 색깔로 드러나기 시작했다.

"된다!"

그리고 지난 삼 개월 동안의 부단한 노력은 사무진을 배신하지 않았다.

"누렇네."

사무진이 힘없이 중얼거렸다.

하얗기 그지없는 사무진과 달리 호랑이는 전체적으로 누런빛이었다.

특히나 앞발과 송곳니가 드러난 입 주위는 적색에 가까울 정도였다.

덩실덩실.

보일 듯 말 듯한 미소를 지은 사무진이 색마 노인에게 배운 춤을 호랑이 앞에서 추기 시작했다.

"좋아?"

알아들을 리 없었지만 사무진은 호랑이를 향해 물었다.

그리고 그 질문에 대한 답은 즉각 나타났다.

크르릉!

희롱이라도 당했다고 생각한 것일까?

포효성과 함께 호랑이는 육중한 체구에 전혀 어울리지 않게 날렵하게 허공으로 신형을 띄웠다.

"씨발, 또 수컷!"

앞발을 휘둘러 금방이라도 후려칠 기세인 호랑이를 보았지만 사무진은 조금도 당황하지 않았다.

이미 예상하고 있었기에 재빨리 앞으로 파고들며 바닥으로 드러누운 사무진의 눈이 일순 빛났다.

대부분 누런 빛깔이었지만 호랑이에게도 사무진처럼 하얀 부분이 있었다.

목덜미!

물론 완전히 하얗지는 않았지만 그래도 호랑이의 몸 중에서는 가장 하얀 부분이었다.

'저기다!'

부웅!

간발의 차로 머리 위를 스치고 지나가는 호랑이의 앞발.

저절로 모골이 송연해질 정도로 위력적인 일격이었지만 예전과 달리 그다지 무섭다는 생각이 들지 않았다.

눈에 훤히 보였으니까.

심지어 다가오고 있던 호랑이 앞발의 세 번째 발톱이 부러진 것까지 보일 정도였으니 더 말해 무엇 할까.

그 앞발을 피해내자 본능적으로 사무진은 오른손에 쥔 숟가락을 움직였다.

몇 개월간 검마 노인의 체계적인 지도 아래 배운 숟가락질.

조금의 군더더기도 찾아볼 수 없을 정도로 빠르면서도 정교하게 움직인 숟가락의 날카로운 부분이 호랑이의 목덜미에 깊숙이 틀어박혔다.

그르르릉!

고통이 큰 듯 호랑이의 입에서 격렬한 포효성이 흘러나왔다.

그리고 쓰러질 듯 비칠거렸지만 호랑이는 쓰러지지 않았다.

목덜미에 숟가락을 틀어박은 채로 호랑이는 마지막 발악을 하듯 바닥에 드러누워 있는 사무진을 향해 거칠게 달려들었다.

"왜 안 죽어?"

신병이기인 숟가락도 없이 무방비 상태로 드러누워 있던 사무진이 답답한 한마디를 토해내며 재빨리 신형을 굴렸다.

데굴데굴.

하지만 바닥을 구르고 있는 느려터진 사무진의 움직임이 잔뜩 화가 난 호랑이보다 빠를 리가 없었다.

'젠장, 저기였는데!'

어느새 코앞까지 다가와서는 커다랗게 입을 벌리고 있는 호랑이를 보던 사무진은 땅을 치며 후회했다.

　입을 벌리고 있는 호랑이의 목젖은 마치 백옥처럼 하얀 빛깔을 띠고 있었다.

荷蕷乳蒸煎裳陽細腸是福佑平于

至大改元四月佛浴道吉廣為傳衎

日弟子趙孟頫敬書長座前

老君演此真妙徐竟

共同
傳人
공동전인

"이 정도면 되려나?"

"어디 보자. 모자라겠는데."

"더 많이?"

"그래. 턱없이 모자라."

빠져나갔던 정신이 슬그머니 돌아왔다.

그리고 그렇게 정신이 돌아오자마자 사무진의 귓가로 두 노인이 조곤조곤 나누는 대화 소리가 들려왔다.

'누구지?'

오늘따라 유난히 무겁게 느껴지는 눈꺼풀을 억지로 들어 올렸지만 아직까지 시야는 흐릿하기만 했다.

흐릿한 형상뿐인 두 노인을 바라보던 사무진은 잠시 뒤 손가락 끝에서부터 전해지는 통증을 느꼈다.

'뭐지?'

통증이 전해지고 있는 왼손을 향해 천천히 시선을 돌린 사무진이 입을 벌렸다.

마침 그때 흐릿하던 시야가 명확해졌고, 사무진의 눈에 들어온 것은 한 노인의 주름진 손에 들린 숟가락이었다.

그리고 그 숟가락이 떨어져 내리며 사무진의 검지 한마디를 잘라냈다.

'잘못 본 건가? 아니, 이거 꿈인가?'

"끄아악!"

너무나 쉽게 잘려 나간 자신의 검지 한마디를 멍하니 바라보던 사무진이 뒤늦게 비명을 질렀다.

아파도 더럽게 아팠다.

동혈이 떠나가라 비명을 지르며 살펴보니 바닥에 굴러다니고 있는 손가락 마디는 모두 다섯이었다.

그것을 확인하자마자 시선을 돌린 사무진의 눈에 한마디씩 짧아진 왼손의 손가락에서 붉은 선혈이 흘러나오고 있는 것이 들어왔다.

"아파?"

"당연하… 지. 이 빌어먹을 영감."

"아파도 참아."

핏발이 선 사무진의 눈에 유난히 얼굴이 쭈글쭈글한 노인
이 누런 이를 드러내며 히죽 웃는 것이 보였다.

 그리고 그 노인이 방금 잘라낸 검지 끝에 그릇을 가져다 대
고서 뿜어지는 선혈을 받고 있는 것도.

 '이번에는 설마 흡혈 살인마?'

 뭐가 그리 즐거운지 웃음이 떠나지 않는 쭈글쭈글한 노인
의 얼굴을 보던 사무진의 머리로 퍼뜩 하나의 생각이 스치고
지나갔다.

 "저기요……."

 "왜?"

 "헤헤, 제 피는 별로 맛이 없을 텐데요."

 눈치를 살피던 사무진이 한마디를 꺼내기가 무섭게 노인
이 대답했다.

 "아직 맛은 보지 않았다."

 "볼 필요도 없다니까요. 진짜 맛없어요. 저기 심마 어르신
께 물어보면 아시겠지만 제가 간이 안 좋아서 맛있을 리가 없
어요."

 간이 안 좋은 것과 피가 맛없는 것이 어떤 관련이 있는가는
궁금하지도 않았다.

 당장 급한 것은 눈앞의 흡혈 살인마에게서 벗어나는 것이
었다.

 지금은 손가락 끝 마디뿐이었지만 언제 펄떡펄떡 뛰고 있

는 자신의 심장을 꺼내 우적우적 씹어 먹을지도 몰랐다.

"시끄럽지?"

"그렇군."

"그냥 손목을 자를 걸 그랬나? 그랬다면 피를 빨리 뽑을 수 있었을 텐데."

"알아서 해!"

"실수했군."

하지만 얼굴이 쭈글쭈글한 노인은 사무진의 이야기에는 관심조차 없었다.

그리고 이어지는 두 노인의 이야기를 듣던 사무진의 안색이 창백하게 변했다.

"이건 마지막으로 드리는 말씀인데요. 제 피는 진짜 맛없어요. 그리고 질도 별로라서 병에 걸릴지도 몰라요. 늙어서 병들면 약도 없어요. 그러니까……."

"안 먹어."

겁에 질려서 반쯤 정신이 나간 채 횡설수설하고 있는 사무진의 말은 얼굴이 쭈글쭈글한 노인에 의해 막혔다.

"안 먹는다고요?"

"그래."

"그럼 대체 왜?"

그릇에 반이 넘게 담긴 채 찰랑거리고 있는 자신의 붉은 피를 바라보며 사무진이 던진 질문에 노인이 대답했다.

"바둑알이 모자라서."

바둑알이 모자라서라니.

고작 빨간 돌멩이를 만들기 위해 소중한 자신의 피를 뽑아내고 있다는 이야기를 듣자마자 사무진은 머리 위로 김이 모락모락 솟구치는 느낌이었다.

그래.

솔직히 말해서 저 정도 피를 뽑아낸다고 죽지는 않았다.

하지만 한 번 잘려 나간 손가락은 다시 붙일 수 없다.

결국 바둑알로 쓰일 빨간 돌멩이 몇 개를 만들기 위해서 사무진의 왼손은 짧게 변해 버린 것이었다.

다시 말해서 불구!

"호랑이 피로 바둑알을 만들어도 되잖아요."

"안 돼!"

"왜요? 어차피 호랑이 피도 붉은색인데."

"호랑이 피는 고린내가 나서 못 써."

"그렇지만… 고작 빨간색 바둑알을 만든다고 제 손가락을 자르신 것은 너무하잖아요. 다시 붙일 수도 없는데……."

"붙여줄게."

울듯이 애처로운 표정으로 사무진이 던진 말이 끝나기도 전에 귀찮다는 듯이 노인이 대답했다.

"그래요. 그렇다면 저야 좋지만… 잠깐만요. 진짜 다시 붙일 수 있으세요?"

"그까짓 것이 뭐가 대수라고."

오른손에 들고 있던 사무진의 피가 담긴 그릇을 바닥에 내려놓은 쭈글쭈글한 노인이 바닥을 뒹굴고 있는 손가락 끝마디 하나를 주워 들었다.

"아아악!"

그리고 인정사정없이 왼손을 움켜쥐는 쭈글쭈글한 노인으로 인해 사무진의 입에서 비명이 터져 나왔다.

"아파?"

"너무 아픈데요."

"참아."

"참기는 참는데 조금만 살살 하면 안 될까요?"

"붙이기 싫으면 말고."

사무진이 이를 악물었다.

더럽게, 진짜 더럽게 아팠지만 참아야 했다.

일단 잘려 나간 손가락을 붙이는 것이 급했다.

불구는 되기 싫었으니까.

"헤헤, 참을게요."

"진작 그럴 것이지."

퉁명스럽게 한마디를 던지는 노인을 보며 다시 한 번 가슴 속 깊숙한 곳에서 욱하고 뭔가가 솟구쳤지만 사무진은 또 한 번 참았다.

"별호가 어떻게 되시는지……?"

"독마!"

대신 쭈글쭈글한 노인의 별호를 물었다.

오늘의 이 억울함을 언젠가 되갚아주겠다고 곱씹으며.

"그나저나 이거 왜 이렇게 안 맞아?"

손가락 끝에서 전해지고 있는 극심한 고통으로 인해 반쯤 정신이 나간 상태의 사무진이 힘겹게 시선을 돌렸다.

그리고 사무진은 독마 노인을 향해 힘겹게 입을 열었다.

"저기……."

"뭐냐? 가뜩이나 잘 안 돼서 신경질 나는데 말 걸지 마라."

"정말 이건 꼭 해야 할 말 같은데……."

"대체 뭐냐?"

사무진의 새끼손가락과 잘려 나간 손가락 한 마디를 움켜쥐고서 인상을 찡그리는 독마 노인을 향해 사무진이 간신히 대답했다.

"그건 엄지!"


콱. 콱.

날카로운 숟가락 끝으로 찔러보았지만 왼손의 손가락 끝에서는 아무런 통증도 느껴지지 않았다.

마치 남의 손가락처럼 어색했지만 그래도 이렇게 다시 붙어 있으니 반가웠다.

"그래도 바느질 솜씨는 괜찮네."

잘려졌던 손가락이 다시 붙어 있었지만 손가락에는 신기하게도 거의 흔적이 남아 있지 않았다.

흠이라면 손톱이 모두 빠져 있다는 것이었다.

눈 하나 꿈쩍하지 않고 모질게 자신의 손톱을 빼내던 독마 노인의 떠올리며 사무진이 인상을 썼다.

왜 멀쩡하게 잘 붙어있는 손톱을 빼느냐는 질문에 꺼내던 독마 노인의 대답을 생각하면 아직도 열불이 터졌다.

"예쁜 색깔로 만들어서 돌려주마!"

대체 무슨 색으로 만들어서 돌아올지는 몰라도 기대보다는 걱정이 앞섰다.

바둑알을 빨간색으로 만드는 미적 감각으로 보아 제대로 된 색으로 만들어올 리가 없다는 생각이 들었기에.

그리고 그 예상은 빗나가지 않았다.

검게 변색되어 있는 손톱을 들고 돌아온 독마 노인은 뭐가 그리도 좋은지 또 실실거리며 웃고 있었다.

"이게 뭐예요?"

"네 손톱."

"그건 아는데, 왜 이런 색으로 만들어왔어요?"

"예쁘니까."

"별론데요."

"내 맘이다."

왜 남의 손톱을 당신 맘대로 뽑아가서는 저딴 색으로 만들어서 오느냐는 말이 목구멍까지 솟구쳤지만 꾹꾹 눌러 삼킨 사무진이 다시 입을 열었다.

"다시 붙여주세요."

"그래. 붙여주마!"

"이번에는 새끼손가락하고 엄지손가락하고 헷갈리면 안 돼요?"

"걱정도 팔자다."

자신있게 한마디를 던진 독마 노인이 번개같이 손을 놀렸다.

그리고 뭘 어떻게 했는지는 몰라도 어느새 붙어 있는 손톱을 신기하게 바라보던 사무진이 왼손을 들어 입으로 가져갔다.

잘 붙었는지 이빨로 확인하기 위해서.

하지만 그 의도는 독마 노인에 의해 막혔다.

"왜요?"

자신의 왼팔을 붙잡고 있는 독마 노인을 향해 사무진이 의아한 표정을 지었다.

"죽어."

"뭔 소리예요?"

"독 발라났다. 집채만 한 호랑이도 스치기만 하면 순식간에 죽는 맹독으로."

그 이야기를 듣고서 잠시 멍한 표정을 짓고 있던 사무진이 번개같이 손을 뻗어 독마 노인의 목덜미를 움켜쥐었다.

"호호!"

그런 사무진이 음침한 웃음을 흘렸다.

이것은 지금까지 당한 것들에 대한 복수였다.

"죽어라! 흡혈 살인마!"

검게 변색된 손톱이 독마 노인의 목을 스치고 지나갔다.

집채만 한 호랑이도 단숨에 쓰러뜨린다는 맹독이 스며들어 있다고 했으니 이제 독마 노인은 죽을 것이 틀림없었다.

그래서 의기양양하게 소리를 질렀건만 독마 노인은 쓰러지지 않았다.

그 자리에 그대로 서서 멀뚱하게 사무진을 바라보고 있었다.

"뭐하냐?"

"이럴 리가 없는데……."

"……."

"왜 안 죽어요? 설마 거짓말?"

"거짓말 아니다."

"그럼?"

"난… 만독불침."

맥이 탁 풀렸다.

그리고 순식간에 두려움이 엄습했다.

"헤헤! 재밌었죠?"

"하나도."

"……?"

"재미없었다."

만질만질한 사무진의 머리통이 우악스런 독마 노인의 손아귀에 붙잡혔다.

그리고 꼼짝달싹하지 못하는 사무진의 코앞으로 검게 변색된 손톱이 다가왔다.

"뭐하시는 거예요?"

"궁금하냐?"

"조금요."

"자기 손톱 깨물어서 죽는 멍청한 놈을 구경할 생각이다."

독마 노인의 쭈글쭈글한 얼굴 위에 희미한 웃음이 번졌다.


"세상에서 제일 성질 더러운 놈이 독을 쓰는 놈들이라고 하더니 그 말이 하나도 틀리지 않네."

이마에 맺힌 식은땀을 닦으며 사무진이 힘없이 중얼거렸다.

꼬박 사흘!

독마 노인이 강제로 입 안으로 밀어 넣은 손톱 때문에 꼬박 사흘을 앓아누웠다.

온몸이 불덩이처럼 뜨거워졌다가 갑자기 얼음장처럼 차가워지기를 수십 차례나 경험한 끝에 겨우 정신을 차릴 수 있었다.

여전히 온몸에 힘은 하나도 없었지만.

"잔인한 흡혈 늙은이!"

자그맣게 중얼거리고 있던 사무진은 갑작스레 자신의 앞으로 내밀어지는 숟가락을 보고서 깜짝 놀랐다.

하지만 이내 사무진은 가슴이 뭉클해졌다.

비록 멀건 죽이기는 했지만 숟가락 위에 올라와 있는 죽에서는 김이 모락모락 올라오고 있었다.

"사흘 굶었다."

"검마… 노인."

"어서 먹어."

따뜻한 검마 노인의 마음 씀씀이로 인해서 어느새 눈가에 눈물이 고였다.

역시 이곳에 모인 희대의 살인마들 중 가장 마음이 따뜻한 사람은 검마 노인이었다.

사람을 적게 죽여서 막내가 된 것에는 다 이유가 있었다.

정이 많아서였다.

후릅.

눈물을 흘리며 사무진이 검마 노인이 건넨 죽을 받아먹었다.

맛있었다.

배가 고파서여서일까?

오늘따라 유난히 맛있게 느껴지는 멀건 죽을 먹으며 사무진은 지금까지 참고 참았던 눈물을 흘렸다.

한 숟가락씩을 받아먹을 때마다 전해지는 검마 노인의 따뜻한 마음으로 인해 메스껍던 속도 조금씩 가라앉는 것 같았다.

그리고 정확히 일곱 숟가락을 받아먹었을 때다.

그릇에 담긴 멀건 죽도 어느새 바닥을 드러내기 시작할 때, 사무진은 갑자기 명치끝이 짜릿해지는 느낌을 받았다.

"저기, 검마 노인!"

"왜?"

"배가 아픈데……."

"아플 거라고 했다."

"누가?"

검마 노인이 손가락을 들어 누군가를 가리켰다.

그리고 검마 노인의 손가락이 가리키는 주인이 독마 노인이라는 것을 깨닫자마자 사무진은 검마 노인을 노려보았다.

"설마?"

"미안."

짤막한 한마디를 던지는 검마 노인.

"어떻게… 검마 노인이 내게 어떻게……."

믿을 수 없다는 표정으로 검마 노인을 노려보던 사무진은 다시 털썩 드러누웠다.

"배신… 자!"

한마디만을 남기고 힘없이 드러눕는 사무진을 바라보는 검마 노인의 얼굴에 미안한 기색이 스치고 지나갔다.

"다 너를 위한 것이다."

그리고 그런 검마 노인이 마지막 한마디를 던졌지만 이미 사무진은 정신을 잃은 후라 아무것도 듣지 못했다.


"끄으응."

이번에는 얼마 만에 다시 깨어난 것인지 몰랐다.

정신을 차리자마자 치가 떨릴 정도의 배신감이 밀려왔다.

"치사한 배신… 자!"

간신히 한마디를 내뱉은 사무진이 가장 먼저 취한 행동은 자신의 몸 상태를 살피는 것이었다.

혹시나 또 독마 노인이 손가락이나 발가락을 잘라내 버린 것이 아닌가 해서.

그렇게 고개를 돌린 사무진은 눈을 부릅떴다.

다행히 손가락과 발가락은 멀쩡하게 붙어 있었다.

하지만 이번에는 온몸에 침이 빼곡하게 박혀 있었다.

고슴도치가 다가와서 친구라고 오해할 정도로.

"깼냐?"

마침 그때 독마 노인이 다가와 말을 걸지 않았다면 사무진은 충격을 견디지 못하고 다시 기절했을지도 몰랐다.

"지금 뭐… 하는 거예요?"

"보면 몰라? 침놓고 있잖아."

"그러니까 허락도 없이 남의 몸에 왜 침을 놓고 있느냐고요!"

"네 몸속에 뭔가를 넣고 있다."

"뭔데요?"

갑자기 불안해졌다.

주름으로 인해서 쭈글쭈글한 노안에 번지고 있는 독마 노인의 웃음을 보자마자 불안감이 엄습했다.

"좋은 것."

"그러니까 그 좋은 것이 뭐냐고요?"

"알고 싶어?"

"당연하죠."

"알면 놀랄 텐데?"

"이젠 더 놀랄 것도 없어요."

"네가 굳이 알려고 하니까 알려주마. 독각화망의 침샘에 고여 있는 독, 칠보단혼사의 혓바닥, 흑망지주의 독샘, 장독 등등이다."

쩌억! 사무진이 입이 절로 벌어졌다.

더 놀랄 것도 없다는 말은 순식간에 거짓말로 밝혀졌다.

독마 노인은 아무렇지도 않게 이야기하고 있었지만 그중 어느 것 하나 극독이 아닌 것이 없었다.

"독은 그동안 많이 먹었는데……."

"부족해."

"이제 진짜로 죽겠네요?"

"운이 나쁘면… 젠장!"

침을 들고서 사무진의 만질만질한 눈썹 부근에 꽂고 있던 독마 노인이 거칠게 욕설을 내뱉었다.

"왜요?"

"말 시키지 마!"

"그러니까 왜요?"

"헷갈려서 잘못 찔렀다!"

"그럼 저 정말 죽는 건가요?"

"아니. 아직 죽지는 않는다."

"그럼요?"

불안한 표정으로 질문을 던진 사무진에게 얼굴을 찌푸린 독마 노인의 대답이 돌아왔다.

"침 다 뽑고 처음부터 다시 찔러야 해."

농담인 줄 알았는데 농담이 아니었다.

온몸에 빼곡하게 꽂혀 있던 침이 뽑히고 다시 꽂히는 동안 사무진은 멀쩡히 두 눈을 뜨고서 고스란히 지옥을 경험했다.

차라리 기절이라도 했으면 좋았을 것을.

"어떻게, 살아 있네요?"

"운이 좋구나."

"그런데 조금 이상한데요?"

"뭐가?"

"뱃속에 뭐가 생긴 것 같아요."

"그래도 용케 입마 단계에 들어섰군."

"임마? 그게 뭔데요?"

"나쁜 것은 아니니 걱정하지 마라."

별것 아니라며 툭 내뱉는 말에 사무진은 힘없이 고개를 끄덕였다.

호기심이 생기지 않는 것은 아니었지만, 너무나 힘이 없었다.

어차피 더 나빠질 것도 없다는 생각에 사무진이 힘없이 웃을 때, 갑자기 뭔가가 생각난 듯 독마 노인이 히죽 웃었다.

"재밌는 것 알려줄까?"

"정말 재밌기는 해요?"

"싫으면 말고."

"가르쳐 주세요. 어차피 지금보다 더 나빠지기야 하겠어요?"

"네 손톱… 날아간다."

피식.

사무진은 실소를 흘렸다.

이 동혈에 들어온 후 이런저런 해괴한 일들을 겪고 말도 안 되는 이야기도 많이 들었지만 이번만큼 어이가 없는 것은 처음이었다.

멀쩡하게 붙어 있는 손톱이 날아간다니…….

호랑이가 담배 피운다는 말보다도 더 어이없는 이야기였다.

"재밌어요?"

"이 정도면 재밌지 않나?"

"혹시 손톱 말고 발톱은 못 날려요?"

"가능하다. 먼저 발톱을 뽑아야겠지만."

진짜 발톱을 뽑을 기세로 다가오는 독마 노인을 보고 기겁한 사무진이 서둘러 다시 입을 열었다.

"그냥 손톱만 날릴게요."

"그럼 그러든지."

"근데 어떻게 하면 손톱이 날아가는데요?"

"지금부터 가르쳐 주마."

독마 노인의 오른손이 거침없이 움직였다.

툭. 툭. 투둑.

사무진의 단전을 두드리며 시작된 독마 노인의 오른손의 움직임은 마지막으로 사무진의 왼 손목을 두드린 후 멈추었다.

"안 날아가는데요."

"당연하지."

"왜요?"

" '날아라' 라는 말을 안 했거든."

사무진이 한심하다는 표정으로 독마 노인을 바라보았다.

그리고 반신반의하는 눈빛으로 입을 뗐다.

"날아라!"

그 순간, 거짓말처럼 사무진 왼손의 손톱이 날아가기 시작했다.


"날아라!"

사무진은 고개를 갸웃했다.

왼손을 앞으로 쭉 내민 채로 독마 노인이 시킨 대로 몇 번이나 '날아라'고 외쳤지만 손톱은 요지부동이었다.

"어제는 분명히 날아갔는데……."

머리를 긁적이던 사무진은 곰곰이 생각에 잠겼다.

그리고 사무진은 곧 그 이유를 알아냈다.

"독마 노인이 건드린 곳과 상관이 있을 거야."

솔직히 말해서 어디를 어떻게 건드렸는지는 정확하게 기억나지 않았다.

하지만 독마 노인의 손속은 엄청 매서웠고, 다행히도 어제 독마 노인의 손이 스치고 지나간 곳에는 고스란히 멍이 남아 있었다.

지체하지 않고 독마 노인이 건드렸던 순서대로 오른손을 들어 두드리던 사무진은 잠시 후 인상을 썼다.

"손이 안 닿잖아!"

독마 노인이 건드린 곳 중에는 등도 있었는데 아무리 용을 써도 등 쪽에는 손이 닿지 않았다.

숟가락까지 들고서 바동바동 애를 썼지만 결국 닿지 않자 사무진은 독마 노인을 노려보았다.

"여기는 손이 안 닿는데요."

"내가 대신 해줄까?"

"그냥 제 손이 닿는 다른 데로 때리면 안 될까요? 이래서야 제가 원할 때 손톱을 날릴 수가 없잖아요."

"다른 곳은 없다."

단언하는 독마 노인을 보면서 사무진이 고민에 잠겨 있을 때, 검마 노인이 눈치를 보며 다가왔다.

"막내."

"배신자!"

"고기 오는 날."

"벌써?"

매서운 눈초리로 배신자인 검마 노인을 노려보던 사무진이 당황스런 표정을 지었다.

독마 노인이 끊임없이 먹여주었던 독 때문에 기절하고 있었던 시간이 워낙 길어 어느새 석 달이란 시간이 흘렀다는 것조차 파악하지 못하고 있었다.

"역시 손톱을 날려서 호랑이를 상대해야겠죠?"

"당연하지."

"그럼 좀 때려주세요."

선택의 여지가 없었다.

일단 이 상황을 넘겨야겠다는 생각에 사무진은 독마 노인에게 부탁했다.

"싸울 때마다 때려줄 수는 없다."

"그럼 그냥 죽을까요?"

"그러든지."

'못된 늙은이!'

모질게 대답하는 독마 노인을 매섭게 쏘아보던 사무진이 눈에서 힘을 풀었다.

목마른 자가 우물을 파는 법이고, 지금 당장 숨이 넘어갈 정도로 목이 마른 것은 사무진이었다.

"정말로 손톱을 날려보고 싶어요."

"그럼 날려라."

"그러니까 한 번만 더 때려주신다면 기꺼이 맞겠습니다."

"멍청한 놈. 뱃속에 뭐가 생겼다고 했지?"

"동그란 것이 하나 생겼는데."

"인위적으로 만들어진 것이기는 하지만 네 내공이다. 그것을 어제 내가 두드린 순서대로 이동시키면 손톱이 날아갈 것이다."

사무진은 눈을 크게 떴다.

비록 무공이란 것에 대해서는 문외한이었던 사무진이지만 내공이란 것이 무엇인지는 그도 알았다.

'되게 좋은 것이라고 그랬는데……'

생각지도 않았던 내공이 생겼다는 말에 흥분한 사무진의 눈에 어김없이 호랑이가 떨어져 내리는 것이 보였다.

"넌 이제 죽었다!"

"……?"

"내가 내공이란 것이 생겼거든."

멀뚱멀뚱 바라보고 있는 호랑이를 향해 왼손을 뻗은 채 사무진이 자신있게 소리쳤다.

내공이 생긴 후라서 그런지 호랑이가 하나도 무섭지 않았다.

크르릉!

같잖다는 듯이 포효를 터뜨리는 호랑이를 보고 사무진은 아주 잠깐 움찔했지만 금세 자신감을 되찾았다.

그리고 독마 노인의 이야기처럼 조금도 주저하지 않고 단전에 생긴 동그란 기운을 순서에 맞추어 움직이기 시작했다.

"됐다. 넌 이제 진짜 죽었다."

자신있게 사무진이 왼손을 앞으로 쭈욱 뻗어냈다.

하지만 손톱은 날아가기는커녕 꿈쩍도 하지 않았다.

"왜 안 날아가지?"

다시 한 번 왼손을 힘차게 뻗어보았지만 달라지는 것은 아무것도 없었다.

"안 날아가는데요."

고개를 돌려 독마 노인을 찾았지만 어디로 사라졌는지 독마 노인도 보이지 않았다.

그리고 그 순간, 호랑이가 움직였다.

크르릉!

거칠게 포효하며 호랑이가 허공으로 몸을 띄웠다.

'좆 됐다!'

순식간에 거리를 좁히고 어느새 다시 앞발을 휘두르려는

호랑이를 보며 사무진은 눈을 부릅떴다.

"아차!"

그리고 절체절명의 순간, 사무진은 자신이 뭔가를 빼먹었다는 것을 깨달았다.

마지막 발악이라도 하는 모양새로 호랑이를 향해 힘차게 왼손을 내밀며 사무진은 재빨리 소리쳤다.

"날아라!"


"헤헤."

군침이 돌았다.

처음에는 무섭기만 하던 호랑이였지만 지금은 검마 노인의 말처럼 그저 맛있는 고기일 뿐이었다.

노린내가 조금 나기는 하지만 이제 부드러운 육질을 느낄 생각에 입가에 군침을 흘리며 숟가락을 들고서 죽어 있는 호랑이 앞으로 다가가던 사무진은 독마 노인에 의해 걸음을 멈추었다.

"먹지 마라."

"왜요?"

"중독됐다. 먹으면 배 아프다."

검게 변색된 사무진의 손톱이 목덜미에 틀어박힌 채 죽어 있는 호랑이를 바라보던 사무진이 아쉬운 표정을 지었다.

그러고 보니 역겨운 냄새가 났다.

비릿한 냄새가 풍기는 호랑이를 바라보던 사무진의 눈에

갈등이 어렸다.

"죽진 않죠?"

"아마도."

"그럼 먹을래요. 배 좀 아프고 말죠."

사무진이 결심한 듯 다시 호랑이에게로 걸음을 옮기기 시작했다.

하지만 사무진은 몇 걸음 떼지 못하고 다시 걸음을 멈출 수밖에 없었다.

오 척도 되지 않을 정도로 자그마한 노인.

심마 노인과 함께 바둑을 두고 있던 노인이 사무진의 앞을 가로막고 있었다.

"왜요?"

있어 보이고 싶은 듯 허연 수염을 가슴까지 내려뜨린 새로운 노인의 등장으로 인해 잔뜩 긴장하고 있던 사무진은 그 노인이 앞으로 내밀고 있는 숟가락을 보고서 희미한 웃음을 지었다.

"배고파요?"

혼들.

"그러지 말고 같이 먹어요. 어차피 양도 많으니까."

먹고 싶은데 괜히 한 번 사양한 것이라고 생각한 사무진이 사람 좋은 표정을 지으며 노인에게 다시 한 번 권했다.

하지만 이번에도 노인은 고개를 혼들었다.

"싫으면 말아요."

더는 권하지 않고 사무진이 호랑이 쪽으로 걸음을 옮기려
는 찰나, 노인이 희미한 웃음을 지었다.

그 웃음을 마주하는 순간 왠지 모를 불길함을 느낀 사무진
이 인상을 찡그릴 때였다.

"재밌는 것 보여줄까?"

"싫은데요."

"진짜 재밌는데."

"손톱이 날아가는 것보다 더 재밌어요?"

사무진이 던진 질문이 의외였던 듯 노인이 잠시 갈등하다
대답했다.

"더 재밌다."

"확실해요?"

"장담하지."

"그래도 안 볼래요."

헤헤 웃으며 대답을 꺼낸 사무진은 서둘러 걸음을 옮기기
시작했다.

그리고 그 순간, 노인이 숟가락을 바닥에 꽂았다.

푸욱.

너무나 자연스럽게 바닥으로 파고들어 버린 숟가락을 사
무진은 잠시 걸음을 멈추고 바라보았다.

'신병이기 숟가락?'

어느새 욕심이 깃든 눈으로 숟가락을 바라보던 사무진의 눈

에 노인이 품속에서 또 하나의 숟가락을 꺼내는 것이 들어왔다.

'신병이기 숟가락이 두 개씩이나?'

범상치 않은 빛깔을 띠고 있는 숟가락을 보며 사무진이 감탄할 때 노인이 의미심장한 웃음을 지으며 어디론가 숟가락을 던졌다.

푸욱.

그리고 그 숟가락이 바닥에 박히자마자 갑자기 사무진을 둘러싼 세상이 변했다.

"어라!"

분명히 동혈 안에 있었건만 지금 사무진은 드넓은 바다 한가운데 금방이라도 부서질 것 같은 뗏목 위에 위태롭게 앉아 있었다.

"대체 무슨 짓을 한 거야?"

자그마한 뗏목 따위는 단숨에 집어삼킬 것 같은 거대한 파도가 밀려오는 것을 보며 사무진의 안색이 하얗게 질렸다.

사무진은 체질적으로 물을 싫어했다.

호랑이나 귀신보다도 물을 더 싫어할 정도였다.

"으아악!"

거센 파도가 덮쳐서 기어이 자그마한 뗏목을 산산조각 내버렸다.

커다랗게 비명을 지르며 바닷속으로 빠진 사무진은 한참의 시간이 지나서야 겨우 다시 물 위로 솟구쳤다.

"푸하핫!"

참았던 숨을 간신히 내쉰 사무진의 눈이 풀렸다.

그 짧은 사이, 몇 모금이나 되는 바닷물을 집어삼켰는지 모른다.

목구멍에서 느껴지는 지독한 짠 기운에 정신을 차리기도 힘들었지만, 안타깝게도 아직 끝이 아니었다.

집채만 한 파도가 다가오고 있었다.

저 파도에 휩쓸린다면 도저히 살아날 수 없을 것 같다는 불길한 예감에 사로잡힌 채 사무진은 있는 힘껏 소리를 질렀다.

"젠장, 재미 하나도 없다고!"

第五章
작별

荷蕅乳蒸煎棗陽細腸英福佑平平生
至大改元四月佛浴道音廣爲傳衍
日弟子趙孟頫敬書長壓前再
老君演此眞妙經克

동혈 바닥에 죽은 듯이 널브러져 있던 사무진이 힘겹게 눈꺼풀을 밀어 올렸다.

흐릿한 시야 속에 들어온 것은 익숙한 동혈의 풍경이었다.

일단 살았다는 안도감이 들자 온몸이 천근만근이라도 되는 양 무겁게 느껴졌다.

마치 누군가에게 죽기 일보 직전까지 흠씬 두들겨 맞은 것처럼 노곤한 몸을 일으킬 생각도 하지 못하고 가만히 드러누워 있던 사무진의 머릿속에 바닷물 속에 잠겨 허우적대던 기억이 떠올랐다.

아무리 팔과 다리를 휘저어도 몸이 마음먹은 것처럼 움직이지 않았다.

숨은 점점 막혀오고, 벌린 입으로는 짜디짠 바닷물이 쉴 새 없이 밀려들어 오던 그 공포감을 떠올리자 사무진은 다시 가슴이 벌렁벌렁 뛰기 시작했다.

"이 노인네가 한 짓이잖아!"

숟가락을 던져 바닥에 꽂아대던 노인에게까지 생각이 미치자마자 사무진이 이를 갈며 몸을 일으켰다.

"재밌었나?"

"별로요."

"유감이로군."

"저도 재밌는 것 하나 보여줄까요?"

뭐가 그리 좋은지 웃고 있는 노인을 바라보며 사무진이 부글부글 끓고 있는 속내를 감추고 다정하게 물었다.

"뭐지?"

"손톱이 날아가는 거요."

"재밌겠군."

"진짜 재밌어요."

"근데 보기 싫군."

사무진과 노인이 서로를 노려보았다.

그리고 먼저 입을 뗀 것은 사무진이었다.

"그래도 봐야 돼요!"

사무진이 이를 악물었다.

지금까지야 힘이 없어서 순순히 당했지만 이제는 달랐다.

사무진에게도 내공이라는 것이 생겼다.

게다가 집채만 한 호랑이도 단숨에 쓰러뜨리는 극독이 발라져 있는 손톱을 날리는 기술까지도 연마한 후였다.

뒤늦게 뭔가를 깨달은 노인이 두 개의 숟가락 중 하나를 바닥에 꽂았지만 이미 늦은 후였다.

"날아라!"

왼손을 쭉 뻗으며 던진 사무진의 외침이 끝나기가 무섭게 검게 변색된 손톱들이 노인을 향해 쏘아져 나갔다.

그리고 그 손톱들은 노인의 팔에 제대로 틀어박혔다.

"어때요? 재밌죠?"

"별로."

"유감이네요."

"그럭저럭 볼만은 했어."

노인의 얼굴에 웃음이 떠올랐다.

그리고 그와 반대로 사무진의 얼굴은 점점 창백하게 변했다.

지금쯤 쓰러져야 했다.

집채만큼 큰 호랑이도 단숨에 쓰러뜨린 극독이 발린 손톱이 틀어박혀 있으니 지금쯤 노인은 고통에 몸부림치며 쓰러져야 했다.

그런데 오히려 웃으며 남은 하나의 숟가락을 들어 올리고 있었다.

"어떻게……?"

"뭐 말인가?"

"손톱에 맞았는데……."

"아, 이거?"

노인이 아무렇지도 않게 손톱을 뽑아내며 대답했다.

"나도… 만독불침."

"젠장!"

사무진이 인상을 찡그렸다.

이 희대의 살인마들은 어떻게 된 것인지 기본이 만독불침이었다.

"뭐하려구요?"

"재밌는 것 보여주려고."

"그때 본 걸로 충분해요."

"부족해!"

냉정한 노인의 한마디가 흘러나왔다.

그리고 노인의 손에 들려 있던 남은 하나의 숟가락이 바닥으로 틀어박혔다.

'설마 또 바다에 빠지는 건가?'

사무진의 얼굴이 순식간에 창백하게 질렸지만 다행히 아무런 변화도 없었다.

"재미없는데요."

"당연하지. 다시 뺐으니까."

"그 숟가락 안 꽂으면 안 될까요? 제가 하고 싶은 말이 많거든요. 이러지 말고 우리 통성명부터 할까요? 제 이름은 사무진이에요. 별호가?"

"뇌마!"

"와아! 멋지네요!"

마음에도 없는 소리였지만 살아남기 위해서는 어쩔 수가 없었다.

심마 못지않게 촌스러운 별호.

"취미는 죽인 자들의 뇌수를 빨아 먹는 거지!"

대체 어떤 말로 이 촌스러운 별호를 더 재미있게 만들어줄까에 대해서 고민하던 사무진이 숟가락을 떨어뜨렸다.

물어보지도 않았는데 이상한 이야기를 꺼내고 있었다.

"취미가… 참 고상하시네요."

'초특급 변태 살인마!' 라는 말이 튀어나오려는 것을 억지로 삼키며 사무진이 한마디를 던지고는 서둘러 걸음을 옮겼다.

뇌마 노인과 길게 이야기해서 좋을 것이 없다는 생각에.

하지만 사무진은 두 걸음도 떼기 전에 걸음을 멈출 수밖에 없었다.

푹!

숟가락이 바닥에 꽂히는 소리가 들렸다.

그와 동시에 초특급 변태 살인마인 뇌마 노인의 광오한 한마디도 동시에 들렸다.

"숟가락 두 개면 천하에 가두지 못할 자가 없다!"

그리고 사무진도 죽을힘을 다해 도망치며 소리쳤다.

"또 무슨 개소리야!"


"내 다리!"

정신을 차리자마자 사무진이 비명을 질렀다.

"후우!"

그리고 서둘러 고개를 든 사무진은 자신의 오른다리가 멀쩡하다는 것을 깨닫고서야 안도의 한숨을 내쉬었다.

'지독한 영감!'

사무진은 인상을 썼다.

사무진이 세상에서 가장 두려워하는 것은 물이었다.

그리고 그다음으로 무서워하는 것은 호랑이였다.

물론 지금은 이 세상 사람이 아닌 아버지는 세상에서 제일 무서워해야 할 것이 아름다운 여자라고 했지만 전혀 가슴에 와 닿지 않았으니 제쳐 둔다면.

그래도 이 동혈에 들어와서 호랑이와 몇 번씩이나 마주하고 나서 호랑이에 대한 두려움은 조금 극복했다 생각했는데 착각이었다.

이번에 숟가락 두 개로 만들어진 진 안에서 사무진이 만난 것은 호랑이였다.

아니, 호랑이 떼였다.

도합 여섯 마리의 호랑이가 자신을 노려보며 이빨을 드러내고 있었다.

그래도 배운 것이 있는데 사무진도 순순히 당하지 않기 위해 최선을 다했다.

살인미소를 지으며 덩실덩실 춤을 춰보았지만 운이 더럽게도 여섯 마리의 호랑이 모두 수컷이었다.

썩은 미소를 지은 채 외면하는 것으로 보아서.

안 되겠다 싶어서 다음으로 한 것은 게슴츠레 눈을 뜨고 호랑이를 살피는 것이었다.

하지만 이번에도 소용이 없었다.

여섯 마리의 호랑이는 온통 붉은색 일색이었다.

마치 동혈 안의 희대의 살인마들처럼.

이대로는 안 되겠다는 생각에 사무진이 다음으로 취한 행동은 땅속으로 파고드는 것이었다.

숟가락으로 대충 땅을 파자마자 부드럽게 보이는 흙 쪽으로 머리부터 밀어 넣었다.

콰당!

하지만 머리만 아팠다.

조금 전까지 분명히 파고들어도 충분할 정도로 부드러운 흙이었는데 단단하기 그지없는 철판이 대신 자리 잡고 있었다.

그리고 호랑이들의 인내심도 거기까지가 한계였다.

하긴 그 정도면 오래 참은 셈이었다.

날카로운 송곳니를 드러내며 달려드는 호랑이들을 보며 사무진이 신병이기 숟가락을 고쳐 쥐었다.

마음 같아서는 손톱부터 날리고 싶었지만 그럴 시간도 없었다.

이제 믿을 것은 신병이기 숟가락과 검마 노인에게서 체계적으로 배운 숟가락질뿐이었다.

부우웅!

처음으로 다가온 호랑이가 휘두른 앞발을 간발의 차이로 피해낸 사무진이 오른손에 들린 숟가락을 휘둘렀다.

호랑이의 뱃가죽을 노리고.

"죽어라!"

힘차게 소리 지르며 휘두른 숟가락이 호랑이의 뱃가죽에 닿았다.

그리고 언제나처럼 뱃가죽을 뚫고 파고들 것이라던 사무진의 예상은 빗나갔다.

뚝.

신병이기 숟가락이 부러졌다.

꿈에도 생각지 못한 상황에 사무진이 입을 쩌억 벌릴 때, 간지럽다는 듯 인상을 찌푸린 호랑이도 입을 쩌억 벌렸다.

그리고 그 호랑이의 송곳니가 사무진의 허벅지를 깨물었다.


호랑이의 송곳니가 허벅지를 뚫고서 들어오기 직전의 섬

뜩함.

그리고 섬뜩하기 그지없던 살점이 찢어지는 소리까지.

너무나 생생한 현실 같았다.

그래서 견디지 못하고 기절해 버렸고.

그렇게 멍하니 동혈의 천장에 틀어박혀 있던 야명주를 바라보고 있던 사무진의 눈에 뇌마 노인의 얼굴이 보였다.

딱.

그리고 뇌마 노인이 바둑알로 쓰던 빨간 돌멩이를 이마 위로 떨어뜨렸다.

"아얏!"

빨간 돌멩이에 한 대 얻어맞은 사무진이 인상을 쓰며 몸을 일으켰다.

"왜 이래요?"

"재밌는 것 보여줄까?"

"됐어요!"

재밌는 것이라면 이제 신물이 났다.

그런데 사무진이 소리를 지르자마자 뇌마 노인이 서운한 표정을 지었다.

"그럼 이제 시작할까?"

"뭘요?"

"바둑!"

"저 바둑 둘 줄 모르는데요."

사무진의 대답이 흘러나왔지만 뇌마 노인은 전혀 개의치 않았다.

"배우면 된다. 조금 힘들겠지만."

"그러지 말고 우리 알까기할까요?"

왠지 불안한 느낌에 사무진이 새로운 의견을 개진했고, 의외로 뇌마 노인은 순순히 고개를 끄덕였다.

"그것도 재밌겠군."

히죽.

사무진이 웃음을 지었다.

이 동혈에 들어오기 전까지 사무진의 전직은 배수였다.

그것도 소주에서는 꽤나 잘 나갔던.

그리고 배수는 아무나 될 수 있는 것이 아니었다.

상대방이 눈치채지 못하게 품속에서 돈주머니를 빼내는 데에는 여러 가지 기술이 필요했지만 그중에서도 가장 중요한 것은 예리한 손끝의 감각이었다.

꽤나 오랜 시간 동안 직업 전선에서 떠나 있었다고는 해도 손끝의 예리한 감각까지 녹슨 것은 아니었다.

"그냥 하면 재미없을 것 같은데……."

"그럼?"

"우리 내기할까요?"

자신감이 넘쳐흘렀기에 사무진은 내기를 제안했다.

"재밌겠군."

순순히 응하는 뇌마 노인을 보며 사무진이 다시 한 번 회심의 웃음을 지었다.

"제가 이기면 숟가락 두 개 다 주세요."

사무진의 말에 노인이 순순히 고개를 끄덕였다.

"내가 이기면……."

"……?"

"피를 뽑겠다. 빨간색 바둑알이 좀 모자라거든."

"흐음!"

전혀 예상치 못했던 뇌마 노인의 제안.

피를 뽑겠다는 말에 조금 불안했지만 이길 자신이 있었기에 사무진은 승낙했다.

"좋아요!"

바둑판이 정교하게 그려진 땅바닥 앞에 사무진과 뇌마 노인이 마주앉았다.

그리고 흥미가 동한 듯 희대의 살인마들이 몰려들어 구경하기 시작했다.

비장한 표정으로 자신의 앞에 놓인 세 개의 돌멩이를 사무진이 바라볼 때 검마 노인이 입을 뗐다.

"막내, 힘내!"

"배신자!"

이미 사무진에게 배신자로 낙인이 찍힌 검마 노인이었다.

그래서 검마 노인의 눈에 슬픈 감정이 깃들 때, 사무진이 입을 뗐다.

"경로우대. 먼저 하세요."

"그럴까?"

뇌마 노인은 사양하지 않았다.

그리고 뇌마 노인이 앞에 놓인 세 개의 빨간색 돌멩이 중 하나를 날렸다.

톡.

빨간색 돌멩이가 꽤나 세게 부딪쳤지만 사무진의 앞에 놓인 돌멩이는 조잡하게 만들어진 바둑판 밖으로 날아가지 않았다.

"내 차례네요."

그것을 보고 히죽 웃은 사무진이 돌멩이를 손끝으로 밀었다.

탁. 탁.

빠르게 날아간 돌멩이가 빨간색 돌멩이와 부딪친 후 방향을 바꿔 곁에 있던 또 하나의 빨간색 돌멩이까지 동시에 바둑판 밖으로 밀어냈다.

정확한 힘 조절과 방향 선택이 없었다면 불가능한 공격이었다.

"됐다!"

사무진이 득의만만한 표정을 지을 때, 뇌마 노인의 얼굴이 굳어졌다.

"재미없군."

마지막으로 남은 빨간색 돌멩이로 손을 가져가는 뇌마 노인을 보던 사무진의 얼굴은 이미 승리감으로 도취되었다.

무슨 수를 쓰더라도 뇌마 노인은 자신을 이길 가능성이 없었다.

운이 좋더라도 두 개의 돌을 밀어내는 것이 한계였고, 그때는 자신의 남은 돌멩이가 승부를 가를 것이다.

사무진이 뚫어져라 뇌마 노인의 손가락을 바라보았다.

그리고 뇌마 노인이 퉁긴 손가락이 빨간 돌멩이를 때리는 것을 확인한 사무진이 불끈 주먹을 움켜쥐었다.

힘이 잔뜩 실려 있었다.

물론 어느 정도 힘이 실리는 것도 중요했지만 알까기가 힘만으로 되는 것은 아니었다.

그랬다면 천하제일의 역사가 알까기의 왕이 되었을 테니까.

'떴다!'

게다가 결정적으로 뇌마 노인의 손에 닿은 빨간 돌멩이는 허공에 떴다.

바닥에 낮게 깔리는 것이 가장 중요한데 허공에 떴으니 돌멩이가 맞을 리가 없었다.

그런데 표정이 이상했다.

뇌마 노인의 얼굴에는 실수해서 안타까워하는 표정이 떠올라 있지 않았다.

그리고 구경하고 있는 다른 노인들의 얼굴에는 안쓰러워하는 표정이 떠올라 있었다.

'왜지?'

도무지 이해가 가지 않아 고개를 갸웃하던 사무진의 눈앞으로 빨간 돌멩이가 다가왔다.

따악!

그리고 그 빨간 돌멩이는 사무진의 이마를 정통으로 가격했다.

그 힘이 얼마나 강한지 앉은 채로 스르르 뒤로 넘어가던 사무진의 귓가로 신이 난 뇌마 노인의 목소리가 들렸다.

"기권승!"


뇌마 노인과 함께 보낸 시간은 사무진이 이 동혈 안에 들어온 후 가장 괴로운 시간이었다.

오행이니 팔괘니 구궁이니……

"저기… 오행(五行)이 먹는 거예요?"

"……"

"그럼 팔괘(八卦)는 입는 거예요?"

"넌 좀 맞아야겠다."

처음 들어보는 생소한 말들을 마구 꺼내놓는 뇌마 노인을 향해 사무진은 처음으로 질문을 던졌다가 그대로 돌멩이에 맞아죽을 뻔했다.

정말 더럽게 많이 맞았다.

검마 노인을 비롯한 다른 노인들이 안쓰럽다는 표정을 지을 정도로.

솔직히 겁이 날 정도였다.

신경질이 잔뜩 난 뇌마 노인이 분을 참지 못하고 취미 활동으로 자신의 뇌수를 빨아 먹을까 봐서.

오죽했으면 사무진이 먼저 물어봤을 정도이다.

"저기……."

"뭐냐?"

"혹시… 이건 혹시나 해서 묻는 건데요. 제 뇌수를 빨아 먹을 생각은 아니시죠?"

그리고 그 질문을 던졌을 때 뇌마 노인이 짓고 있던 한심한 표정과 차가운 대답은 아직도 사무진의 기억 속에 아프게 남아 있었다.

"넌 뇌가 없다."

가슴속 깊은 곳에 씻을 수 없는 상처를 입은 와중에도 안도의 한숨이 새어 나왔었다.

어쨌든 이제는 다 지난날의 일이었다.

"오행(五行)?"

"금(金), 토(土), 화(火), 수(水), 목(木)!"

"팔괘(八卦)?"

"건(乾), 감(坎), 간(艮), 진(震), 손(巽), 이(離), 곤(坤), 태(兌)!"

"구궁(九宮)?"

"일백(一白), 이흑(二黑), 삼벽(三碧), 사흑(四黑), 오황(五黃),

육백(六白), 칠적(七赤), 팔백(八白), 구자(九紫)!"

처음 먹는 것인 줄 알았던 오행과 팔괘, 구궁을 줄줄 외는 것으로도 모자라서 빨간 돌멩이 몇 개를 늘어놓고 진을 설치하는 것도 배웠으니까.

어김없이 다가오는 검마 노인을 보고 사무진은 또 석 달이 지났음을 직감했다.

"고기 오는 날!"

"알아요."

양손에 하나씩 두 개의 숟가락을 힘껏 움켜쥔 채 사무진이 떨어져 내린 호랑이를 노려보았다.

그리고 먼저 하나의 숟가락을 바닥에 꽂은 사무진이 남은 하나의 숟가락을 들고서 긴장한 표정을 지었다.

물론 준비는 대충 해두었다.

호랑이가 떨어지는 위치는 일정했고, 그 주변에 빨간색 돌멩이들을 이미 구궁과 팔괘의 이치에 맞게 배치해 두었다.

남은 것은 숟가락을 던져서 진법을 완성시키는 것뿐.

그래도 혹시나 하는 마음에 일단 살인미소를 한 번 날려봤다.

그러나 돌아온 것은 역시나 더욱 광분하는 호랑이의 모습뿐이었다.

"씨발, 맨날 수컷!"

퉤 하고 침을 바닥에 뱉은 사무진이 숟가락을 쥔 손에 힘을 더하며 소리쳤다.

"얼른 와! 배고프니까!"

날카로운 송곳니만 드러낸 채 다가오지 않는 호랑이를 향해 사무진이 한마디를 먼저 던졌다.

그리고 그 말을 알아들은 듯 호랑이가 달려들었다.

이번에는 비교적 인내심이 떨어지는 호랑이였다.

크르릉!

약이 바짝 오른 듯 포효하며 호랑이가 달려드는 것을 놓치지 않고 바라보던 사무진도 주저하지 않고 마주 달려나갔다.

그 모습을 보고 광분한 호랑이가 덥석 물기 위해서 입을 벌릴 때, 사무진이 숟가락을 바닥에 꽂았다.

푹.

사무진이 손에 들고 있던 숟가락을 바닥에 꽂자마자 흉포하기만 하던 호랑이의 움직임이 변했다.

크르릉!

주춤하는 것으로 모자라 앞발을 들어서 자신의 머리를 때리는 호랑이의 모습이 보였다.

그리고 그 모습이 마치 자신의 머리를 긁적긁적 긁는 모습과 비슷해 사무진의 입에서 웃음이 새어 나왔다.

"됐나?"

갈피를 잡지 못하고 멍청하게 앞뒤로 왔다 갔다 하는 호랑이의 모습을 보니 정말 된 것 같았다.

숟가락 두 개로 천하에 가두지 못할 것이 없다는 뇌마 노인의 말!

진짜였다.

물론 뇌마 노인이 한 것과 사무진이 한 것과는 분명 차이가 있었지만.

뇌마 노인은 진짜로 숟가락 두 개만으로 절진을 만들었다.

호랑이가 무리를 지어서 달려드는 환영을 만들어내는.

그에 반해 사무진은 미리 돌멩이들을 주변에 배치해 두고서 마지막에 숟가락 두 개를 던져서 진을 완성하는 것이었다.

이번에도 무려 여덟 개의 돌멩이를 미리 배치해 둔 후에 두 개의 숟가락을 던져서 진을 완성한 것이었다.

그래도 처음에 수십 개의 돌멩이를 늘어놓았던 것에 비하면 장족의 발전이었다.

어쨌든 자신이 했음에도 믿기지가 않아 멍하니 바라보던 사무진이 뇌마 노인에게로 고개를 돌렸다.

거만한 표정을 지으면서.

그리고 그런 사무진의 눈에 뇌마 노인이 손을 들어서 호랑이 쪽으로 가리키는 모습이 보였다.

"완전히 걸렸어요."

흔들.

자신있는 사무진의 말이 끝나기가 무섭게 뇌마 노인이 고개를 흔들었다.

그것을 보고 불안한 표정으로 고개를 돌린 사무진의 눈이 커졌다.

퍽!

호랑이가 앞발을 들어서 사무진이 꽂아놓은 숟가락을 걷어차 버렸다.

그리고 더욱 포악하게 변한 호랑이가 달려드는 것을 보고서 사무진은 재빨리 땅속으로 파고들었다.


호랑이 고기가 내려오는 날은 포식을 하는 날이었다.

비록 직접 잡지는 못하고 검마 노인이 대신 잡은 호랑이를 먹으면서 사무진은 행복감에 빠졌다.

벌써 이곳에 들어온 지도 삼 년이 훌쩍 지나 있었다.

그리고 그동안 사무진은 참으로 소박하게 변해 있었다.

석 달에 한 번씩 내려오는 별미인 호랑이 고기에 만족하고, 주식인 멀건 죽도 한 그릇 맛있게 비우면서.

이곳에 들어오기 전의 생활에야 비할 수는 없겠지만 그럭저럭 지낼 만했다.

물론 희대의 살인마들과 함께 지낸다는 것은 여전히 두려운 일이었다.

여섯 명의 희대의 살인마에게 각각 시달리면서 하나씩 배우고 나자 더 이상 가르칠 것이 없어서인지 며칠 동안 가만히 내버려 두었다.

그래서 드디어 고생 끝, 행복 시작인가 하는 생각이 들 때쯤, 다시 새로운 고난이 시작되었다.

그리고 그때부터는 더욱 지독한 고통의 시간이었다.

여섯 명의 희대의 살인마가 모두 힘을 합쳐서 괴롭히기 시작했으니까.

아마 영원히 잊지 못할 것이다. '통감' 이라는 것을 익혀야 한다는 이유로 죽도록 두드려 패면서 쾌감을 주체하지 못하던 희대의 살인마의 입가에 동시에 떠올라 있던 사악한 미소는.

통감 외에도 몇 가지를 더 배웠다.

그리고 이제 그마저도 귀찮아진 듯 며칠 가만히 내버려 두기에 잠시 편하게 드러누워 있던 사무진은 누군가 다가오는 기척을 느끼고 긴장했다.

살며시 고개를 들어 눈치를 살피던 사무진의 시선이 뇌마 노인과 부딪쳤다.

그리고 눈이 마주치자마자 썩은 미소를 날리고 있는 뇌마 노인을 보니 섬뜩한 느낌이 들었다.

'난 뇌가 없으니까 괜찮아!'

하지만 속으로 몇 번씩이나 되뇌면서 사무진이 애써 무덤덤한 표정을 지을 때, 뇌마 노인이 입을 뗐다.

"나가고 싶지?"

"물론 나가고 싶죠. 희대의 살인마들과 함께 지내는 것이 얼마나 곤욕… 아니, 마음이 따뜻한 어르신들과 함께 지내는 것도 나쁘지 않기는 하지만 바깥세상만 하겠어요? 그래도 저는 어르신들이 참 좋아요. 헤헤."

색마 노인에게 배운 살인미소를 지으면서 사무진이 대답했다.

그리고 희대의 살인마들은 모두 사내였다.

살인미소가 통할 리가 없었다.

"죽을래?"

유령신마 노인에게서 흘러나오는 살기가 담긴 스산한 목소리를 듣자마자 사무진은 재빨리 고개를 흔들었다.

"너, 눈썹 좀 자랐다?"

이어지는 불만 가득한 목소리에 사무진은 본능적으로 눈썹을 손가락으로 가렸다.

"아직 만질만질해요."

"그래. 바깥에 나가서 사람처럼 보이려면 머리카락은 없어도 눈썹은 있어야겠지."

그리고 웬일로 순순히 넘어가는 유령신마의 이야기를 듣던 사무진이 눈을 껌벅였다.

"진짜로 나갈 때가 됐나요?"

"그래."

"이제 죗값을 다 치른 거예요? 이천 명도 넘게 죽였는데 벌써 풀어주다니 역시 지금의 형법 체계는 문제가 큰 것 같은데?"

무심코 입을 열던 사무진이 살벌한 노인들의 시선을 접하고는 입을 다물었다.

"너만 나간다."

그리고 그때, 뇌마 노인이 한마디를 더했다.

"저만요?"

"그래."

"하긴 난 살인과는 거리가 먼 아주 가벼운 범죄자니까."

이제야 오해가 풀린 것이라 생각하며 사무진이 히죽 웃었지만 뇌마 노인은 이번에도 썩은 미소를 날렸다.

"착각하지 마라. 여기는 혈마옥이다. 한 번 들어오면 절대로 살아서 나갈 수 없는 곳이 바로 이곳이지."

그 말을 들은 사무진이 표정을 굳혔다.

사무진도 바보가 아니었다.

이 희대의 살인마들의 정체가 진짜 마교의 장로들이라는 것은 사무진도 이제는 눈치채고 있었다.

여전히 자신이 왜 이 희대의 살인마들과 함께 이 동혈에 갇혀 있는지는 이해가 가지 않았지만.

"여기가 혈마옥이라면서요. 그런데 저는 어떻게 나가요?"

그러고 보니 이상했다.

그래서 사무진이 던진 질문에 뇌마 노인이 전혀 어울리지 않는 엄숙한 표정을 지으며 대답했다.

"너는 나갈 수 있다. 우리의 진전을 모두 이어받았으니까."

"제가요?"

"그래."

당연하다는 듯이 대답하는 뇌마 노인을 보던 사무진은 혼란에 빠졌다.

진전을 모두 이어받았다니······.

"내가 언제?"

역시 이 노인들은 그냥 희대의 살인마들이 아니고 반쯤 정신이 나간 희대의 살인마들이 틀림없었다.


숟가락으로 땅 빨리 파는 법.

땅속에 들어가서 돌아다니는 법.

사람뿐만 아니라 짐승의 암컷에게까지 모두 통한다는 살인미소와 덩실덩실 춤추는 법.

극독이 묻은 손톱 날리는 법.

석벽의 아픔을 이해하는 법.

숟가락 두 개 바닥에 꽂아두고 호랑이의 혼을 빼놓는 법.

곰곰이 생각해 보았지만 지금까지 사무진이 배운 것은 이것이 다였다.

이름만으로도 사람들에게 공포를 느끼게 만드는 마교의 장로들에게 배운 것으로는 너무나 한심했다.

적어도 도를 한 번 휘두르면 수십 명의 목을 날려 버리거나, 일장에 자그마한 산 하나 정도는 간단히 날려 버리는 것 정도는 배워야 진전을 이었다는 말이 실감이 날 텐데.

"저기……."

"뭐냐?"

"다른 것은 뭐 가르쳐 줄 것이 없나요? 그러니까 예를 들면, 도를 휘둘러서 바다를 반으로 가른다거나, 창끝으로 하늘에서 떨어지는 눈송이를 모조리 꿰뚫어 버린다거나 하는 그런 거요."

오래간만에 열변을 토해내고 있는 사무진을 보던 뇌마 노인이 한심하다는 듯이 썩은 미소를 날렸다.

"지랄한다!"

단 한마디로 사무진의 말문을 막아버린 뇌마 노인이 더는 듣기 싫다는 듯 조금 자라 있는 사무진의 머리카락을 움켜쥐었다.

"뇌 없다니까요. 굳이 확인하지 않아도 되는데."

기겁한 사무진이 소리를 질렀지만 뇌마 노인은 머리카락을 움켜쥐고 있는 손의 힘을 풀어주지 않았다.

대신 귓가에 대고 속삭였다.

"이빨 꽉 다물어라."

스산한 목소리를 듣자마자 사무진은 이를 꽉 깨물었다.

시키는 대로 안 했다가는 무슨 짓을 할지 몰라서.

"지금부터 아무리 심한 고통이 찾아와도 입을 벌려서 비명을 지르지 마라. 비명을 지르려거든 차라리 기절을 해라."

겁이 덜컥 났다.

뇌마 노인이 진짜로 취미 활동을 시작하는 것이 아닌가 하는 생각에.

그래서 다시 한 번 뇌가 없다는 것을 강조하기 위해서 소리를 지르려던 사무진은 머릿속으로 뭔가가 밀려들어 온다는 것을 느끼고 급히 입을 다물었다.

'이거 뭐야?'

처음에는 시원했다.

사무진의 혈도를 구석구석 헤집고 다니는 강한 진기의 흐름은 시원하다는 느낌과 함께 묘한 쾌감을 주었다.

그러나 쾌감은 잠시였다.

시간이 지날수록 몸속을 헤집고 다니는 진기의 흐름이 강해지며 서서히 고통이 심해지기 시작했다.

콰앙! 콰앙!

수로는 좁은데 흘러들어 오는 물은 넘친다고 해야 할까?

흘러들어 온 강한 진기는 좁아터진 사무진의 혈도를 넓히기 위해서 거칠게 부딪치고 또 부딪쳤다.

그때마다 사무진의 몸이 들썩일 정도로 극심한 고통이 전해졌다.

그뿐이 아니었다.

점점 뜨거워지던 온몸이 어느 순간에는 완전히 타버려서 아예 재가 되어버리는 것이 아닐까 하는 생각마저 들었다.

그런데 가까스로 그 순간을 넘기자마자 이번에는 한기가 느껴졌다.

온몸이 덜덜 떨릴 정도로.

'그만!'

속으로 비명을 질렀지만 진기는 쉬지 않고 흘러들어 왔다.

그렇게 얼마나 오랜 시간이 흘렀는지 몰랐다.

'차라리 기절할걸!'

그리고 뇌마 노인의 말처럼 기절하지 못한 것에 대해서 사무진이 후회할 때, 장강처럼 도도하게 흘러들어 오던 진기의 흐름이 멈추었다.

共同
傳人
공동전인

마교천하!

꿈을 꾸었다.

그리고 마교는 그 꿈을 꿀 자격이 충분히 있었다.

강했으니까.

하지만 언제나 그렇듯이 모든 것은 아주 사소한 것에서부터 어긋나기 시작했다.

그리고 그 결과는 끔찍했다.

막고 싶었다.

어떻게든 최악의 상황만은 막고 싶었다.

멸천마환진!

희대의 절진을 완성했다.

그렇지만 멸천마환진으로 외부의 적은 막을 수 있었지만 내부의 적은 결국 막을 수가 없었다.

하지만 아직 포기하지 않았다.

저놈!

그래. 저놈이 이곳에 들어왔으니까.


그들은 강했다.

투영마안!

투영마안으로 살폈지만 약점을 찾을 수 없을 정도로.

좀 더 차분했어야 했다.

좀 더 침착했어야 했다.

그랬다면…….

상황은 이렇게까지 최악으로 흐르지는 않았을 테니까.

그리고 마교는 몰락하지 않았을 테니까.

진즉에 죽었어야 하는 죄인이었다.

지금까지 살아 있다는 것이 부끄러울 정도로.

그런데 그렇게 살아남았던 보람을 찾았다.

보잘것없는 능력이지만, 그리고 보잘것없는 내력이지만.

아직 쓸 곳이 남아 있었다.


갈아 마셔도 시원치 않을 놈들.

그날!

꿈에서조차 떠올리기 두려운 그날이었다.

강호의 어떤 세력과 부딪치더라도 압승을 거둔다고 장담했던 마교의 무인들이 한 줌 독액으로 변해 사라졌다.

차라리 검이라도 한 번 들어보았다면 이렇게 억울하지는 않을 터인데.

오대극독이라고 했던가?

그날 결심했다.

흑독문이라는 이름을 강호에서 지우기 전에는 죽지 않겠다고.

보잘것없는 한 목숨이지만 이를 악물고 살아남았다.

그리고 포기하려고 한 순간, 이 녀석이 들어왔다.

숙원을 풀어주기 위해서.


비가 내렸었다.

마치 하늘에 구멍이라도 난 것처럼 쏟아지는 빗속에서 울었다.

수하들의 비명 소리를 들으면서 이를 악물었다.

권토중래?

장부의 복수는 십 년도 길지 않다?

개소리였다.

당장에 달려나가서 수하들과 함께 죽고 싶었는데.

결국 그렇게 하지 못했다.

춤을 추며 서럽게 울었다.

수하들의 죽음을 애도하기 위해서.

그렇게 처절하게 부지했던 목숨.

하지만 멀건 죽 한 그릇을 먹으며 부지했던 목숨이 무의미하게 변하지 않을까 걱정한 순간에 이놈이 들어왔다.

바보 같은 미소를 지은 채 덩실덩실 춤을 추는 이놈!

그래도 밉지 않은 놈이었다.


핏물이 강을 이루던 날!

하늘도 서러운 듯 비를 퍼붓던 그날!

마교도들이 흘린 핏물은 땅속마저 적셨다.

코끝을 찌르는 비릿한 피 냄새는 지독했다.

하지만 코를 막지는 않았다.

대신 기억했다.

언젠가는 이 피 냄새를 갚아줄 것이라고.

고작 피의 강이 아니라 피의 바다로 만들어줄 것이라고 다짐했다.

그리고 영원히 찾아올 것 같지 않은 기회가 찾아왔다.

이제 강호는 숨을 죽여야 할 것이다.

이 녀석이 강호에 나가는 순간, 강호에는 피바람이 불 테니까.

정이 갔다.

천고의 기재도, 마교에 어울릴 정도로 냉혹한 성정도 아니었다.

하지만 처음 들어왔을 때부터 이상하게 정이 가는 녀석이었다.

검 대신 숟가락을 쥐어주었다.

줄 수 있는 것이 그것뿐이라서.

언젠가 녀석이 던졌던 질문이 기억났다.

혹사 이 숟가락이 신병이기가 아니냐고 묻던 녀석에게 대답했다.

신병이기는 따로 있는 것이 아니라 누가 쓰느냐에 따라서 신병이기가 된다고.

이 강호에 타고날 때부터 강자는 없다.

강자는 타고나는 것이 아니라 만들어지는 것이니까.

헛되이 죽지 않기를.

그리고 험난한 강호에 실망하거나 좌절하지 않기를.

누가 뭐라 해도 너는 나 검마가 정을 준 유일한 녀석이니까.


"마교를 재건해라!"

긁적긁적.

사무진이 새끼손가락을 들어 귀를 후볐다.

잘못 들은 것이 아닐까 해서.

하긴 생각해 보니 너무 오랫동안 귀지를 파지 않았다는 생각이 들었다.

이렇게 헛소리까지 들리는 것을 보니.

"왜 이렇게 갑자기 늙었어요?"

약속이라도 한 듯 자신의 앞에 일렬로 앉아 있는 희대의 살인마들을 향해 사무진이 한마디를 던졌다.

위엄이랄까?

그래도 얼마 전까지만 해도 희대의 살인마들답게 쉽게 접근하기 힘든 뭔가가 있었는데 지금은 그 위엄조차도 사라졌다.

주름 가득한 시골의 촌부 같은 노인들.

그리고 사무진은 아무 대답도 없는 희대의 살인마들을 바라보던 시선을 거두고 애꿎은 땅을 손가락으로 찔렀다.

힘이 넘쳤다.

뭐든 할 수 있을 정도로.

아무 대답도 돌아오지 않았지만 사무진은 희대의 살인마들이 갑자기 늙어버린 이유를 알고 있었다.

진기.

강호의 무인들에게 생명보다 더 소중한 것이라고 알려진 진기를 자신에게 건네주었기 때문이다.

사무진도 바보는 아니기에 그 정도는 알고 있었다.

그리고 세상에 공짜가 없다는 사실도.

"나한테 왜 이래요?"

"마교를 재건해라."

자신의 질문에 앵무새처럼 같은 말을 꺼내는 뇌마 노인을 보면서 사무진이 길게 한숨을 내쉬었다.

"여기 오래 있어서 잘 모르시는가 본데, 마교는 망했어요. 벌써 삼십 년 전에. 그러니까 내가 태어나기도 전에 망했다니까요."

답답한 마음에 사무진이 한마디를 던졌지만 뇌마 노인은 조금도 동요하지 않았다.

"망하지 않았다!"

"망했다니까요."

"때를 기다리며 숨죽이고 있을 뿐이다!"

한 점의 의심도 깃들어 있지 않은 뇌마 노인의 눈을 마주한 사무진은 한마디를 더 하려다가 그냥 입을 다물었다.

세상에서 제일 상대하기 힘든 것이 겁도 없이 치대는 어린 아이와 치매 걸린 고집 센 노인이었다.

'더 말해서 뭘할까?'

가볍게 포기한 사무진이 다시 입을 뗐다.

아직 할 말이 남아 있었다.

"설마 저보고 마교의 교주를 하라는 것은 아니죠?"

"왜? 하고 싶냐?"

"설마요."

"평소답지 않게 겸손하지 않아도 된다. 강호의 인물들이 모두 부러워하는 마교의 교주로 만들어줄 수도 있다."

'거짓말!'

사무진이 코웃음을 쳤다.

비록 강호에 대해 자세히 알지는 못했지만 그도 몇 가지는 소문을 들어서 알고 있었다.

예를 들면, 현 강호에서 가장 강한 사람이 사도맹의 맹주인 호원상이라는 것이나, 가장 나쁜 놈들이 마교의 놈들이라거나, 마교의 교주는 쳐 죽여도 시원치 않을 놈이라는 것 정도 말이다.

어쨌든 궁금하기는 했다.

도대체 혈마옥에 삼십 년째 갇힌 채 지낸 노인이 무슨 수로 자신을 마교의 교주로 만들어줄까 하는 의문이 들었으니까.

하지만 그보다 중요한 것은 자신이 마교의 교주 따위에는 전혀 관심이 없다는 것이었다.

"진짜 하기 싫은데요."

"그래? 그럼 어쩔 수 없지."

"그럼 마교 재건은 안 해도 되는 거죠?"

뇌마 노인의 눈꼬리가 치켜 올라갔다.

그리고 그와 동시에 다른 노인들도 살벌한 눈빛을 던졌다.

"농담이에요, 농담. 헤헤!"

숨이 턱 막혔다.

일인당 최소 이천 명 이상의 사람을 죽인 희대의 살인마 여섯이 동시에 살벌한 눈빛을 날리는데 어찌 겁먹지 않을 수 있을까?

"근데요, 여기서 제가 나간다고 하더라도 어떻게 마교를 재건하죠?"

처음 마교를 재건하라는 뇌마 노인의 명령을 들은 순간부터 가지고 있던 의문이다.

그래서 심각하게 사무진이 질문을 던졌지만 뇌마 노인은 전혀 걱정할 필요 없다는 듯이 간단히 대답했다.

"마교의 본산으로 찾아가라. 어딘지는 알지?"

"십만대산요?"

"마교의 본산은 그곳뿐이지!"

당연하다는 듯이 대답을 꺼내고 있는 뇌마 노인을 바라보면서 사무진이 곤란한 표정을 지었다.

"어렵겠는데요."

"왜?"

"여기 갇혀 있느라 모르나 본데, 거기 화산 폭발로 무너졌거든요."

사무진의 대답에 뇌마 노인을 비롯한 희대의 살인마들은 놀란 표정을 감추지 못했다.

심지어 마음 약한 검마 노인은 금방이라도 눈물을 뚝뚝 흘릴 기세였다.

그 모습이 너무 안돼 보여서 어깨라도 두드려 주기 위해서 다가가던 사무진은 뇌마 노인의 이어진 말을 듣고 멈추었다.

"다른 방법이 있다."

"뭔데요?"

"항주로 가서 심 노인을 찾아라!"

이번에도 사무진은 난감한 표정으로 머리를 긁적였다.

길을 걸어가다 '당신 성이 뭐요?' 라고 물어보면 열에 한둘은 심 씨라고 대답할 정도로 심이라는 성은 흔했다.

그런 만큼 성이 심가인 노인이 항주에 어디 한둘일까?

적어도 몇만 명은 거뜬히 넘어갈 텐데 그냥 항주로 가서 심 노인을 찾으라는 것은 모래사장에서 잃어버린 바늘을 찾는 것만큼이나 어려운 일이었다.

"성이 심가인 노인은 되게 많은데. 모르긴 해도 항주에 가면 다섯 집 건너 한 집마다 심 노인이 있을걸요."

"초상화를 그려주마!"

볼멘 사무진의 이야기가 끝나기 무섭게 뇌마 노인이 대답을 꺼내놓았지만 사무진의 표정은 여전히 떨떠름했다.

"십 년이면 강산도 변하는 법인데 무려 삼십 년이나 흘렀으면 얼굴이 확 변하지 않았을까요? 못 알아볼 정도로."

"그럼 주소를 알려주마."

"이사 갔으면요?"

"이사 따윈 안 갔을 것이다."

"뭐, 그럼 그렇다고 치죠. 그런데 말이죠. 이건 진짜 혹시나 해서 묻는 건데요. 그 노인이 죽었으면 어쩌죠?"

뇌마 노인이 눈을 번뜩이며 소리쳤다.

"너부터 죽을래?"


심 노인의 용모파기가 아주 자세하게 그려진 초상화를 노려보던 사무진이 인상을 썼다.

물론 사무진이 인상을 쓰고 있는 이유가 초상화를 너무 대충 그렸거나, 조잡하게 그려져서 못 알아볼 정도라서 따위의 이유가 아니었다.

생긴 것답지 않게 독마 노인은 그림 솜씨가 좀 있었다.

문제는 동혈 안에 먹물이나 물감이 있을 리가 없었다.

당연하다는 듯이 독마 노인은 기껏 붙여놓은 사무진의 왼손 손가락 끝마디들을 다시 잘라서 피를 뽑아 이 초상화를 그렸다.

"더럽게 못생겼네."

심통이 잔뜩 난 목소리로 초상화를 와락 구겨서 품속에 대충 쑤셔 넣은 사무진이 한숨을 내쉬었다.

아직 말은 꺼내지 않았지만 사무진도 알고 있었다.

이제는 이 희대의 살인마들과 이별할 시간이라는 것을.

평소에는 웬만해서는 한곳에 모여 있지 않은 희대의 살인마들이 오늘은 일렬로 늘어서 있었다.

살랑살랑.

그리고 마치 작별 인사라도 하는 듯 손을 흔들고 있었다.

그동안 죽도록 자신을 괴롭혔던 희대의 살인마들이지만 그래도 미운 정도 정이라는 말은 틀리지 않았다.

마음 한편이 짠하게 아파왔다.

무인에게 있어서 목숨보다 소중하다고 하는 진기까지 아낌없이 주었던 희대의 살인마들이었으니까.

그리고 사무진은 정이 많은 남자였다.

"저기요!"

"뭐냐?"

"이제 좀 있으면 헤어지는데 우리 마지막으로 한 번씩 안아볼까요?"

사무진의 말이 끝나기가 무섭게 다시 희대의 살인마들의 눈빛이 살벌하게 변했다.

'역시 희대의 살인마들!'

마지막 이별의 순간까지 단 한마디를 곱게 넘어가지 않는 살인마들을 보며 사무진은 움찔했다.

"뭐, 다른 뜻이 있는 것은 아닌데… 헤헤!"

실없는 놈처럼 헤헤 웃은 사무진이 다시 입을 뗐다.

"저기, 그래도 저 혼자 나갈 생각을 하니까 미안하네요. 혹시 저한테 부탁할 것 없으세요? 제가 밖에 나가서 해드릴게요."

말을 꺼낸 사무진이 먼저 사람을 가장 많이 죽여서 이곳의 우두머리 역할을 하고 있는 뇌마 노인을 바라보았다.

"마교 재건!"

"그건 원래 하기로 했던 거잖아요."

"그거면 충분하다."

"하여간 고지식하기는."

고개를 절레절레 흔든 사무진은 다음으로 심마 노인을 바라보았다.

"마교 재건!"

"하여간 끼리끼리 논다더니……."

같이 모여서 노는 데는 다 이유가 있었다.

짧게 한숨을 토해낸 사무진이 독마 노인에게로 시선을 돌렸다.

"흑독문!"

그리고 독마 노인은 뇌마, 심마 노인과 달리 부탁의 말을 꺼냈다.

"거기는 나도 알아요. 가서 어떻게 할까요?"

"오대극독을 모두 마셔라."

"죽으라고요?"

"안 죽는다. 너는 만독불침이니까."

이 말을 믿어야 할까?

어쨌든 이미 할 말을 끝냈다는 듯 고개를 돌려 버린 독마 노인이었다.

그러나 사무진은 당황하지 않았다.

'당장 할 필요는 없지. 까짓것, 죽기 전에만 하면 되잖아.

기력이 없어서 늙어 죽기 전에 가서 마시면 되지, 뭐.'

속 편하게 생각한 사무진이 이번에는 색마 노인에게로 고개를 돌렸다.

"뭐 부탁할 것 없어요?"

"심화 주수란!"

"그게 누군데요?"

"천하제일미녀!"

하여간 입만 열면 거짓말이었다.

비록 강호의 정세나 세력 구도 쪽에는 영 꽝이었지만 나름 이쪽 분야에는 소식통이 있는 사무진은 이미 당금의 천하제일미녀를 알고 있었다.

요화 서옥령!

이건 사내라면 열 살만 넘으면 알고 있는 진리였다.

그래서 거짓말이라고 소리치려던 사무진보다 한발 앞서 색마 노인이 입을 뗐다.

"삼십 년 전 천하제일미였다. 내가 펼친 환환마화공에 유일하게 넘어오지 않았던 여인이지."

회한이 가득 담긴 색마 노인의 눈을 멀뚱히 바라보던 사무진이 퉁명스럽게 한마디를 던졌다.

"찾아가서 사랑했었다고 전해줄까요?"

"아니. 너의 환환마화공으로 그녀를 꾀어라!"

사무진의 눈빛이 흔들렸다.

분명히 삼십 년 전 천하제일미인이라고 했다.

그럼 지금은 벌써 환갑이 가까운 할머니일 터.

할머니 앞에서 살인미소를 날리고 덩실덩실 춤을 출 생각을 하니 벌써부터 가슴이 답답해졌다.

"될까요?"

"그녀도 여인. 너는 할 수 있다."

"까짓것, 해볼게요!"

이미 수컷 호랑이 앞에서도 춤을 춘 사무진이었다.

못할 것이 뭐가 있을까? 주먹을 불끈 쥐어 자신의 단호한 결의를 색마 노인에게 보여준 사무진은 이번에는 유령신마에게로 고개를 돌렸다.

그러자 유령신마가 기다렸다는 듯이 말했다.

"화공 윤명. 그 썩을 놈을 죽여라!"

"화공이라면 그림 그리는 사람인가요?"

"그림 그리는 사람이라……. 그래, 그렇다고 할 수 있지. 하지만 그놈은 특이하게 사람의 몸에 그림을 그린다."

"문신?"

"비슷하다."

대충 알아들었다는 듯 사무진이 고개를 끄덕이다 다시 의아한 마음이 들었다.

윤명은 그림을 그리는 화가!

비록 화공 윤명이 사람의 몸에 그림을 그린다는 점이 조금 특이하기는 했지만, 그렇다고 해서 마교의 장로인 유령신마와 원한 관계를 가졌다는 것은 쉽게 이해가 가지 않았다.

그것도 유령신마가 가뜩이나 부실해 보이는 누런 이를 바득바득 갈 정도로 강렬하게 살기를 뿜어내고 있으니.

"근데 화공 윤명은 왜 죽이려는 거죠?"

"알 거 없다!"

"그래도 죽이기 전에 왜 죽는 거라는 것 정도는 알려줘야 하지 않을까요? 그래야 그 사람도 저승 가는 길이 덜 억울할 것 같은데."

"그놈은 죽어도 싸다. 그냥 내 이름만 대면 알 것이다."

"혹시……."

"혹시 뭐냐?"

"불륜, 그런 건가요?"

더 이상 알 것 없다는 듯이 유령신마는 입을 꽉 다물고 있었지만 사무진은 아직 궁금한 것이 남아 있었다.

그래서 조심스레 질문을 던지자마자 유령신마의 눈매가 사납게 변했다.

"그런 것 아니다."

"그럼 대체 뭐죠?"

쉽게 물러나지 않는 사무진의 얼굴을 뚫어져라 쳐다보던 유령신마가 마침내 감추고 싶었던 사연에 대해 입을 뗐다.

"내 눈썹, 그놈이 그랬다."

바드득.

이빨을 가는 소리와 함께 흘러나온 유령신마의 대답에 사무진은 눈을 크게 떴다.

"원래 없었다면서요?"

"그래서 그놈이 그려주었지. 한숨 푹 자고 일어나면 멋들어진 눈썹이 그려져 있을 테니 걱정하지 말라는 그 말에 속았다. 그놈 말대로 한숨 자고 일어났더니 한쪽 눈썹만 그리고 사라졌다. 그래서 어쩔 수 없이 그려져 있던 눈썹도 칼로 밀었지."

"아!"

눈물이 절로 나올 정도로 슬프기 그지없는 유령신마의 아픈 사연이었지만 사무진은 자꾸 웃음이 났다.

"한쪽이라도 있는 편이 낫지 않나?"

그리고 눈치없이 혼잣말을 하던 사무진은 유령신마의 살벌한 눈빛을 마주하고 서둘러 검마 노인에게로 고개를 돌렸다.

헤어지는 것이 서운해서일까?

어느새 눈가가 촉촉하게 젖어 있는 검마 노인과 마주하니 사무진도 가슴 한편이 찡하게 아파왔다.

혈마옥 안에 있는 다른 희대의 살인마들과는 달리 검마 노인은 정이 많았다.

물론 중간에 한 번 사무진을 배신하기는 했지만 이미 지나간 일이었다.

처음에는 죽도록 미웠지만 이제는 가물가물할 정도이니까.

"검마 노인!"

"그날은 미안했다."

그리고 먼저 그날의 일에 대해서 사과하는 검마 노인을 보자 조금 남아 있던 앙금마저 사라져 버렸다.

"나한테 부탁할 것 없어요?"

"없다."

"정말요?"

"그냥 몸조심해라."

검마 노인이 던지는 따뜻한 한마디가 다시 감동이 되어 밀려왔다.

그리고 물끄러미 검마 노인을 바라보던 사무진은 그의 눈빛이 흔들리는 것을 놓치지 않았다.

그래도 검마 노인과 가장 오랜 시간을 보냈기에 사무진은 그 흔들리는 눈빛을 마주하자 검마 노인이 하고 싶어하는 부탁이 있다는 것을 눈치챘다.

"부탁할 게 있는 것 같은데……."

"없다."

"뭔데요?"

"……."

"마지막으로 묻는 거예요. 진짜 없어요?"

마지막이란 말에 검마 노인의 눈빛이 심하게 흔들렸다.

그리고 결심한 듯 검마 노인이 눈가를 붉게 물들인 채 입을 뗐다.

"있다."

"지금 우는 거예요?"

끄덕.

부인하지 않는 검마 노인을 바라보던 사무진이 심각한 표정으로 다시 물었다.

"대체 뭔데 울고 그래요?"

달래듯이 꺼낸 사무진의 질문이 끝나고도 한참이 지나서야 울상을 한 채 검마 노인이 대답했다.

"첫사랑을 찾아줘."

붉게 물든 눈으로 울상을 짓고 있는 검마 노인의 부탁을 의면할 수는 없었다.

천천히 다가가 검마 노인의 어깨를 움켜쥐고 다독이던 사무진은 검마 노인이 겨우 안정을 되찾자 희미한 웃음을 지었다.

사무진은 품속에서 숟가락 하나를 꺼내 검마 노인에게 내밀었다.

"……?"

대체 이걸 왜 내미느냐는 듯이 바라보고 있는 검마 노인의 오른손에 숟가락을 꼭 쥐어주며 사무진이 마지막 한마디를 던졌다.

"이제 다시 막내."

가뜩이나 슬퍼 보이던 검마 노인의 얼굴이 먹구름이 낀 것처럼 울상으로 변했다.

"혈마옥은 결코 만만한 곳이 아니다. 그것은 우리들이 탈옥하지 못하고 무려 삼십 년씩이나 이곳에 갇혀 있는 것만 봐도 알 수 있지. 그런 면에서 보면 너도 참 복이 없는 놈이다. 네 말처럼 행정 착오인지 뭔지는 잘 모르겠지만 네가 이곳에 떨어진 것만으로 네 인생은 끝난 셈이었지. 근데 네가 무슨 일을 하다 잡혀서 이곳에 들어왔다 그랬지? 아, 무림맹주 그 멍청한 놈이 사는 집 담을 넘었다고 했지? 뭐, 왜 그곳의 담을 넘었는지가 궁금하기는 하지만 그리 중요한 문제는 아니니 넘어가고, 이제부터 혈마옥을 탈옥할 수 있는 방법에 대해 말해주지."

혈마옥에서 만난 회대의 살인마들과 눈물겨운 이별을 마치고 땅속으로 기어들어 온 사무진은 뇌마가 꺼냈던 말을 떠올렸다.

뇌마는 혈마옥에서 탈옥하기 위해서는 자신들의 진전을 모두 이어받아야만 가능하다고 했다.

그리고 처음에는 그게 무슨 소리인가 했는데 가만히 듣다 보니 틀린 말이 아니라는 것을 깨달을 수 있었다.

'여기까지구나!'

유령신마 노인에게 배운 대로 피부 호흡을 하며 땅속을 돌아다니고 있던 사무진이 슬그머니 지상으로 움직였다.

단단하기 그지없는 지반.

숟가락을 들고서 아무리 용을 써도 한 치도 앞으로 나아가지 못 하자 사무진은 유령신마 노인이 말한 대로 여기까지가 땅속으로 움직일 수 있는 한계라는 것을 깨달았다.

그래서 땅 위로 올라와 머리를 내밀자 사무진의 눈에 보이는 것은 꿈틀거리고 있는 벌레들이었다.

"뭐야, 이건?"

얼마나 수가 많은지 바닥을 가득 뒤덮고 있는 벌레들을 확인하고 사무진은 기가 막힌 표정으로 입을 벌렸다.

그리고 멍청하게 벌리고 있던 사무진의 입속으로 머리 위에서 꿈틀대던 벌레 한 마리가 떨어졌다.

아작.

"호오, 별미인데?"

삼 년 가까운 시간 동안, 노린내가 진동하는 호랑이 고기와 아무 맛도 느껴지지 않는 멀건 죽만 먹은 사무진이었다.

대체 어떤 벌레인지는 몰랐지만 씹는 맛이 있었다.

비록 조금 비릿하기는 했지만 노린내가 지독한 호랑이 고기에 비할까?

반쯤 씹다 남은 잔해를 입에서 꺼내서 요리조리 살피던 사무진은 곧 그 벌레의 정체를 알아냈다.

"전갈이네."

지금은 사무진의 이빨에 씹혀서 반 토막으로 변했지만 한

때는 꽤나 무서운 기세를 자랑했을 전갈의 꼬리가 보였다.

그러고 보니 땅 위를 덮고 있는 것은 온갖 종류의 독물들이었다.

대가리가 두 개 달린 뱀부터, 길이가 이 장은 족히 될 정도로 크고 굵은 묵색 구렁이, 온몸이 피처럼 붉은 뱀이나 백사 정도는 기본이었고, 전갈, 독지네, 독거미, 그리고 이름 모를 독충들까지 지천으로 널려 있었다.

일반인이라면 스치기만 해도 즉사하는 것이 분명할 터인 맹독을 지닌 독물들.

그리고 사무진도 예전이었다면 분명 기겁을 했을 터이다.

하지만 희대의 살인마들과 함께 지긋지긋한 시간을 보내고 이제 새롭게 태어난 지금은 아니었다.

게다가 신기하게도 사무진이 모습을 드러내자마자 독물들이 사무진에게서 멀어지기 위해서 발악하기 시작했다.

사무진은 그냥 걸어가고 있을 뿐인데도 독충들이 알아서 길을 열고 있었다.

따끔.

어떤 종류의 독충인지 몰라도 발목 근처에서 따끔한 느낌이 전해졌지만 사무진은 조금도 놀라지 않았다.

"나도 이젠 만독불침."

꾸욱. 꾸욱. 눈치없이 길을 막고 비키지 않고 있던 대가리가 두 개 달린 뱀의 대가리를 하나씩 차례대로 사뿐히 발로 밟아

주며 사무진이 히죽 웃음을 지은 채 두 눈을 게슴츠레 떴다.

뇌마 노인은 이 석벽 중에서 가장 약해 보이는 부분을 부수고 밖으로 나가야 한다고 말했다.

"보여라. 보여라."

두 눈을 게슴츠레 뜨고서 한참 동안 중얼거리자 석벽의 색이 변하기 시작했다.

노란색, 녹색, 빨간색까지.

알록달록하다는 느낌이 드는 석벽을 살피던 사무진이 희미한 웃음을 지었다.

보였다.

좌측으로 삼 장쯤 떨어진 곳의 석벽의 색깔이 하얀 것이.

그쪽으로 걸음을 옮기자마자 다시 지천으로 깔려 있던 독충들이 발악하며 알아서 길을 열어주었다.

천천히 석벽의 앞으로 다가간 사무진은 당연하다는 듯이 신병이기 숟가락을 꺼냈다.

"까짓것, 해보지, 뭐. 난 내공이 있잖아?"

예전이라면 감히 부술 엄두도 내지 못할 정도로 두터운 석벽이었지만 지금은 희대의 살인마들에게 전수받은 내공이 있었다.

뭐든지 할 수 있을 것만 같은 느낌이 들었다. 그래서 숟가락을 힘껏 움켜쥔 사무진은 정신을 집중한 후에 있는 힘을 다해서 석벽에 밀어 넣었다.

콰악!

손잡이 부분만 남겨둔 채 신병이기 숟가락이 석벽 깊숙이 파고들었다.

마치 말랑말랑한 두부에 숟가락을 찔러 넣는 것 같은 느낌.

생각보다 훨씬 쉽게 숟가락이 석벽에 파고들자 사무진이 오히려 놀랐다.

"나 진짜 괴물이 된 건가?"

입을 벌린 채 멍하니 서 있던 사무진은 정신을 차리고 다시 빼 낸 숟가락으로 검마 노인에게 배운 대로 석벽을 파헤치기 시작했다.

얼마 지나지 않아 석벽에는 사람 하나가 지나갈 만한 구멍이 생겼고, 그 틈으로 고개를 밀어 넣었던 사무진이 고개를 끄덕였다.

꽤나 어두웠지만 사무진은 뇌마 노인의 말처럼 어떤 진법이 펼쳐져 있다는 것을 금세 깨달았다.

역천마라진(逆天魔羅陣)!

진법에 관해서는 강호 전체에서도 세 손가락 안에 꼽히던 귀곡자가 이곳의 천연 지형을 이용해 만든 절진.

멋도 모르고 한 걸음 내디뎠다가는 어김없이 죽음으로 이어진다고 알려진 역천마라진이었다.

하지만 사무진의 평가는 박하기 그지없었다.

"조잡해. 어쩜 이렇게 조잡하게 만들어놓았을까?"

구멍 안으로 무턱대고 들어서지 않고 고개만 내민 채 이리 저리 살피던 사무진은 가볍게 코웃음을 쳤다.

오행과 팔괘, 팔문, 게다가 구궁까지 어설프게 섞어서 진법 을 복잡하게 만들어놓았지만 그게 다였다.

숟가락 두 개면 천하에 가두지 못할 자가 없다고 공언한 뇌 마 노인에게 잠도 못 자고 밤낮없이 얻어맞으면서 제대로 진 법을 배운 사무진에게는 그저 어설프게만 보였다.

"저기가 생로로군."

전방 십 장 앞.

위태위태하게 놓여 있는 자그마한 돌덩이 하나가 이 진법 의 중심이고 또 유일한 생로라는 것을 파악한 사무진은 지체 없이 내력을 운기하기 시작했다.

독마 노인에게 배운 손톱 날리기!

순서대로 내력을 운용한 사무진은 왼손을 앞으로 내밀었다.

"날아라!"

주문처럼 사무진이 외치자마자 사무진의 왼손에서 벗어난 손톱이 맹렬한 기세로 날아가기 시작했다.

그리고 검게 변색된 다섯 개의 손톱은 허공을 가르고 날아 가 역천마라진의 중심 역할을 맡고 있는 돌멩이와 차례대로 부딪쳤다.

기우뚱.

손톱과 부딪친 충격으로 기우뚱거리던 돌멩이가 결국 손

톱에 실려 있는 힘을 감당하지 못하고 바닥으로 떨어졌다.

"됐다!"

전대의 기인인 귀곡자가 정성을 다해서 설치해 놓았던 역천마라진을 너무나 간단히 파훼한 사무진이 구멍 안으로 몸을 밀어 넣었다.

"영차!"

툭. 툭.

원래라면 역천마라진의 중요한 역할을 했을 돌멩이와 석순들을 발끝으로 건드리며 걸어나온 사무진이 긴장한 표정을 지었다.

아직 끝이 아니었다.

뇌마 노인의 말이 틀리지 않다면 이제 가장 어려운 관문이 남아 있었다.

아미성녀!

정파 무림의 기둥이라 불리는 구대문파 중 하나인 아미파는 비구니들로 구성되어진 문파였다.

그리고 아미성녀는 아미파가 배출해 낸 불세출의 고수였다.

아미파의 절기인 난영불화수를 극성으로 익혀 한때 여인의 몸으로 천하십대고수의 반열에 이름을 올렸을 정도로.

그런 아미성녀가 여기에 있다고 했다.

마교를 철천지원수로 여기는 그녀의 성정은 혹시나 모를 마교 장로들의 탈옥을 막기 위해서 무려 삼십 년째 이곳을 지키고 있다고 했다.

혈마옥을 벗어나지 못하게 만드는 마지막 안배!


"아미성녀는 고수다."

"저도 이제 좀 하잖아요. 내공도 생겼고."

"숟가락 들고 싸우려고?"

"신병이기 숟가락이잖아요."

"미친놈!"

"그리고 그래 봤자 여자잖아요."

"비록 여인의 몸이라고는 하나 아미성녀는 지금의 네 알량한 실력으로는 죽었다 깨어나도 이기지 못한다."


뇌마 노인과 나누었던 대화를 떠올린 사무진의 표정이 굳어졌다.

그 거만하고 절대 남을 인정하는 법이 없던 뇌마 노인이 인정했다는 것만 보더라도 아미성녀가 얼마나 고수인지는 짐작할 수 있었다.

하지만 언제나 긍정적인 사무진은 여전히 희망을 버리지 않았다.

"죽었나?"

무공의 고수라고 해서 죽지 않는 것은 아니었다.

밥을 먹다 체해서 죽을 수도 있고, 전염병에 걸려서 죽을 수도 있으며, 세월이 지나면 늙어 죽기도 한다.

일반인들과 비교하더라도 큰 차이가 없는 셈이다.

아니, 굳이 비교하자면 일반인들에 비해서 죽을 확률이 더 높을 수도 있다.

무림인이란 사방에 원한을 많이 만들었고, 그런 만큼 멀쩡하게 길 가다가 복수심에 불타는 자가 휘두른 칼에 맞아죽는 경우도 허다했으니까.

그래서 기대했다.

삼십 년 동안 이곳을 지키고 있다던 아미성녀가 이제 이 세상 사람이 아니라서 부딪치지 않기를.

그리고 그런 사무진의 기대는 엇나가지 않는 것 같았다.

한동안 모습을 드러내지 않는 아미성녀를 확인하고 기쁜 마음을 감추지 못하고 있던 사무진의 눈빛이 금세 실망감으로 물들었다.

저기 한구석.

승복을 입은 아미성녀가 천천히 모습을 드러내고 있었다.

"무량수불! 내가 삼십 년 동안 이곳을 지키고 있던 보람이 있구나."

나직한 불호를 외며 모습을 드러낸 아미성녀의 말을 듣고서 사무진도 질린 표정으로 입을 뗐다.

"삼십 년씩이나 여기 있었다니, 할 일도 어지간히 없었나 보네요."

빈정거리는 듯한 사무진의 말에 노려보던 아미성녀가 놀란 듯 눈을 치켜떴다.

"시주는?"

"……"

"설마 반노환동?"

백발이 성성한 마교의 장로들이 아니라 새파랗게 젊은 사무진이 모습을 나타낸 것이 의외인 듯 놀란 표정을 감추지 않는 아미성녀였다.

하지만 놀란 것은 그녀만이 아니었다.

사무진도 아미성녀 못지않게 놀랐다.

대체 이게 어찌 된 것인지 갈피를 잡지 못하고 흔들리는 눈빛으로 사무진이 한마디를 던졌다.

"혹시… 남자예요?"


사무진은 절망했다.

그리고 뇌마 노인에게 진심으로 화가 났다.

거짓말이었다.

아미성녀가 아니라 아미성군이 틀림없었다. 여자라고 믿기지 않는 굵은 목소리.

그리고 턱밑을 덮은 것으로 모자라 길게 늘어뜨려져 있는 허연 수염을 확인한 사무진이 당황한 표정으로 물었지만 대답은 돌아오지 않았다.

다만 매섭기 그지없는 아미성녀의 눈빛만이 돌아왔다.

"시주는 내 질문에나 대답하시게. 반노환동을 한 것이 맞는가?"

"아닌데요."

"그럼 시주는 누구란 말인가?"

"제 이름은 사무진. 대체 어떻게 된 것인지는 저도 아직 잘 모르겠지만 행정 착오로 인해서 혈마옥에 갇혔던 불쌍한 어린 영혼이에요."

사무진이 애처로운 표정을 지었다.

아미성녀가 모습을 드러내지 않는 것이 사무진이 바라는 최선이었지만 차선책도 이미 준비해 두었던 사무진이다.

그리고 사무진이 준비해 두었던 차선책은 상호간의 대화였다.

세상에 대화로 풀 수 없는 문제는 없었다.

영 말이 통하지 않을 것 같던 희대의 살인마들과도 살가운 대화를 나누며 삼 년이나 버틴 사무진이었다.

그런 그였던 만큼 아미성녀와도 대화를 통해서 문제를 해결할 수 있을 것이라는 자신이 있었다.

"행정 착오?"

"그럼요. 이건 어떤 썩을 관료 놈이 평소대로 대충 일을 처리하다 벌어진 일이라니까요. 요즘 나라에 속해 있거나 무림맹에 속해 있는 관료들이 게으르고 복지부동이라는 것은 워낙에 유명하잖아요. 그건 아시죠?"

아미성녀가 희미하게 고개를 끄덕이는 것이 보였다.

'다행이다!'

비록 삼십 년이나 이곳에 머물고 있었다고는 하지만 아미성녀도 무림맹의 관료들이 얼마나 귀찮아하며 일처리를 대충하는가에 대해서는 알고 있었다.

게다가 희미하기는 하지만 고개를 끄덕였다.

혈마옥 속의 희대의 살인마들과는 달리 적어도 반응을 보인다는 것만으로도 사무진은 용기를 얻었다.

"딱 봐도 아시겠지만 저는 꽤 선량하게 생겼잖아요. 저같이 선량하게 생긴 사람이 사람을 이천 명도 훨씬 넘게 죽인 희대의 살인마일 리가 있겠어요?"

기회를 놓치지 않기 위해서 사무진이 다시 입을 뗐다.

그리고 가만히 자신의 이야기를 듣고만 있는 아미성녀를 확인하고 사무진은 한마디를 더 던졌다.

"저는 빈농의 자식에 불과해요."

"......?"

"어쩌면 돈이 없어서 이런 험한 꼴을 당했을지도 모르죠. 유전무죄 무전유죄라는 말도 있잖아요?"

유령신마에게 잘려 나간 후 조금 자라긴 했지만 아직은 어설퍼서 더욱 불쌍하다는 느낌을 주는 눈썹과 머리카락.

남루하기 그지없는 옷차림.

게다가 애처로운 표정까지 더해지자 거의 완벽에 가까웠다.

냉막하기 그지없던 아미성녀의 표정에 연민의 감정이 깃들기 시작했다.

그리고 아미성녀의 눈빛이 살짝 흔들린다는 것까지 확인하고서야 사무진은 내심 쾌재를 불렀다.

사무진의 계획이 들어맞았다.

아미성녀가 엄청난 고수라고는 해도 결국은 부처님을 믿는 자였다.

그리고 부처님을 믿는 사람들은 대부분 착했다.

아니, 착한 척이라도 했다.

그래서 동정심을 유발하겠다는 계획이었는데 어느 정도 통한 것 같았다.

하지만 사무진은 너무 일찍 쾌재를 불렀다.

연민의 감정이 깃들고 있던 아미성녀의 얼굴이 한순간 다시 냉막하게 변했다.

"거짓말!"

"거짓말 아닌데요."

"그렇게 순진한 척 연기해도 나를 속일 수는 없다."

"거짓말 아니라니까요."

"흥! 정체를 밝혀라."

"빈농의 자식, 사무진이라니까요."

"웃기는군. 뇌마, 심마, 그도 아니면 검마. 호오, 그러고 보니 눈썹도 그렇고 유령신마의 젊은 시절과 흡사하군."

사무진의 얼굴이 금세 붉게 달아올랐다.

하필이면 유령신마와 흡사하다니……

혈마옥 안에 있는 희대의 살인마 중 가장 우중충하게 생긴 유령신마와 닮았다는 말을 듣고 화가 나지 않을 리가 없었다.

"하나도 안 닮았구만."

"닮았다!"

"자세히 좀 봐요. 눈썹이 이 모양이라서 그렇지 진짜 안 닮았다니까요."

사무진이 아무리 강력하게 주장해도 아미성녀는 콧방귀도 뀌지 않았다.

그리고 이미 사무진을 반노환동한 유령신마라고 확신하고 있는 아미성녀를 보니 대화로 풀기도 어려워 보였다.

"저기……"

"역시 마교의 장로답게 재주가 용하군. 대체 무슨 수를 썼는지는 몰라도 독물이 우글거리는 동혈과 역천마라진까지 뚫고 여기까지 온 것을 보니. 하지만 유령신마, 여기까지가 너의 한계다!"

"별것도 아니더구만."

아미성녀의 말을 듣던 사무진이 뚱한 표정으로 혼잣말을 했다.

그리고 그 말을 들었는지는 몰라도 아미성녀가 다시 입을 열어 도호를 외웠다.

"무량수불! 오늘 흉악한 마두인 유령신마를 처단하기 위해 살계를 열어 수많은 중생이 더 많은 고통을 겪는 것을 막겠습니다."

"유령신마 아니라니까요."

"시끄럽다! 마지막으로 남길 유언이 있다면 남겨라!"

끝까지 사무진의 말은 한 귀로 흘리며 아미성녀가 유언을 남기라고 말하자 사무진은 잠시 고민하다 물었다.

"저기… 여자 맞나요?"

쾅!

아미성녀의 손에 들려 있던 불장이 바닥을 강하게 내려쳤다.

그리고 아미성녀가 거칠게 내뿜는 콧김으로 인해서 턱밑으로 길게 늘어뜨려져 있던 허연 수염이 흔들렸다.

"응?"

그렇게 흔들리고 있는 수염을 바라보던 사무진이 눈을 빛냈다.

턱밑으로 길게 내려와 있기에 당연히 수염이라 생각했는데 아니었다.

콧김을 내뿜을 때 흔들림이 눈썹부터 시작되었다.

다시 말해, 눈썹이 하도 길어서 마치 수염처럼 보인 것이었다.

'부럽다!'

거의 눈썹이 사라지다시피 한 사무진이다.

수염처럼 길게 자란 아미성녀의 눈썹을 보자마자 어이없게도 부럽다는 생각이 가장 먼저 들었다.

"그따위 말도 안 되는 소리가 설마 유언이냐?"

"물론 아니죠. 하나만 더 물어볼게요. 연세가⋯⋯?"

"아흔이다."

마음이 상한 듯 냉랭하기 그지없는 아미성녀의 대답을 들은 사무진이 심각한 표정을 지은 채 한숨을 내쉬었다.

차선책까지 통하지 않을 때 사용하려는 방법!

뇌마 노인이 이야기했던 방법이자 죽어도 쓰고 싶지 않던 최후의 방법을 사용하는 수밖에는 없었다.

"아흔이라⋯⋯. 그냥 할머니도 아니고 증조할머니뻘이네요."

"유언은 끝났느냐?"

"제가 재밌는 것 보여 드릴까요?"

금방이라도 불장을 들고 후려칠 기세인 아미성녀와 눈을 마주한 채 사무진이 히죽 웃음을 지었다.

보일 듯 말 듯한 미소.

"그래. 나는 그냥 증손자라고 생각하자. 할머니를 위해서 재롱을 떨고 있는 착한 증손자라고 생각하면 되잖아."

살인미소를 날린 사무진이 결심한 듯 덩실덩실 춤을 추기 시작했다.

어이가 없어서일까?

불장을 들어 올린 채 사무진을 바라보던 아미성녀가 콧방귀를 뀌었다.

그리고 당장에라도 달려들어서 불장으로 사무진의 머리통을 후려칠 기세이던 아미성녀의 눈빛이 점차 몽롱한 빛을 띠기 시작했다.

아예 어느 순간부터는 불장을 바닥에 내려놓고서 넋을 잃은 채 바라보는 아미성녀를 확인하고 사무진이 물었다.

"좋으세요?"

끄덕!

말없이 고개를 끄덕이는 아미성녀를 향해 사무진은 속으로 구시렁대면서도 끝까지 살인미소를 거두지 않았다.

"저도 좋아요. 헤헤."

웃음은 전염되는 것일까?

아미성녀의 얼굴에도 환한 웃음이 떠오르기 시작했다.

그리고 그 웃음을 바라보던 사무진이 덩실덩실 춤을 추면서 마지막으로 이별의 한마디를 던졌다.

"그래도 우리 다시 만나지는 말아요. 할머니와 저는 나이 차이가 너무 많아서 이루어지기 힘들 것 같아요."


'이쯤이면 충분하겠지?'

환환만회공으로 최후의 관문이라고 할 수 있는 아미성녀의 혼을 쏙 빼놓고서 드디어 혈마옥을 벗어난 사무진은 다시 땅속으로 파고들어 움직이기 시작했다.

이틀 동안을 꼬박 땅속으로만 움직여 최대한 혈마옥에서 멀리 벗어나려 노력한 사무진은 그제야 어느 정도 안심이 된 듯 슬그머니 지상으로 올라왔다.

아무리 피부를 통해서 호흡하는 법을 깨쳤다고 해도 땅속에서 오랫동안 머무는 것은 역시 답답한 일이었다.

상쾌한 공기를 기대하며 서둘러 지상으로 올라오던 사무진이 멈칫했다.

'뭐야, 이건?'

지상으로 접근하면 접근할수록 정체를 알 수 없는 지독한 냄새가 사무진의 코끝을 자극하고 있었다.

무시하고 그냥 올라가려던 사무진은 곧 그 냄새의 정체가 인분 냄새임을 깨닫고 서둘러 땅속으로 다시 파고들었다.

'하필이면 똥통이냐?'

인상을 잔뜩 쓴 채로 또 한참을 땅속에서 움직여 겨우 그 부근을 벗어난 사무진은 다시 반 시진을 움직인 후 조심스레 지상으로 올라갔다.

하지만 사무진이 갑갑한 땅속을 벗어나기는 무척이나 어려웠다.

이번에는 정체불명의 딱딱한 나무판자가 마지막 순간 사무진의 앞을 가로막았다.

'또다시 내려가야 하나?'

잠시 갈등이 일었지만 사무진은 결심했다.

다시 땅속 깊숙한 곳으로 들어가서 헤매는 것보다야 나무 판자를 어떻게든 숟가락으로 뚫고서 올라가는 것이 낫다고.

그리고 결정적으로 목이 너무나 말랐다.

숨이야 어떻게 쉰다고 하더라도 이틀 동안이나 물 한 모금 마시지 않은 것은 분명 사무진의 체력을 한계로 몰아넣고 있었다.

사각사각.

땅 위에서만큼은 자유롭지 않았지만 땅속에서 부지런히 숟가락을 놀려 꽤나 두꺼운 나무판자를 파내서 마침내 구멍을 만드는 데 성공했다.

새어 들어오는 밝은 빛.

코끝을 간질이는 달콤하고 상쾌한 공기!

혼자서 겨우 빠져나갈 수 있을 정도로 구멍이 만들어지자 주저하지 않고 고개를 들이밀었다.

"하아!"

이틀 동안이나 땅속에서 헤매고 다녀서일까?

아니면 마침내 그 지긋지긋했던 혈마옥에서 벗어났다는 생각 때문일까?

감격에 겨워서 두 눈을 감은 채 크게 숨을 들이키자 콧속으로 파고드는 공기가 유난히도 달콤하게 느껴졌다.

마치 비누 향처럼 은은하고 풋풋한 향기에 사무진이 코를 벌렁거리며 눈을 떴다.

그리고 눈을 뜬 사무진이 입을 벌렸다.

이상한 것이 보였다.

소젖처럼 뽀얗고 보름달처럼 둥글고 커다란 무엇인가가.

"밤인가?"

지금 보이는 것이 보름달이라고 생각하며 사무진이 입을
열 때, 눈앞의 보름달이 갑자기 사라졌다.

대신 이번에는 복숭아 두 개가 나타났다.

"과일이다!"

얼마 만에 보는 과일인지 몰랐다.

먹음직스럽기 그지없는 두 개의 복숭아를 보고 식욕이 솟
구친 사무진이 넋이 빠져 있을 때, 앙칼진 여인의 비명 소리
가 사무진의 귓가로 파고들었다.

"꺄아악!"

탐스러운 복숭아 두 개를 손으로 가린 채 방 안이 떠나가라
소리를 지르고 있는 여인을 확인하고서야 사무진은 지금의
상황이 이해가 가기 시작했다.

마룻바닥 위로 머리만 내놓고 있는 사무진의 시선과 소리
를 지른 여인의 시선이 부딪쳤다.

그리고 본능적으로 사무진의 시선이 아래로 떨어져 내리
자 여인도 사무진의 시선이 향하는 방향으로 고개를 내렸다.

"꺄아악!"

"헤헤!"

사무진의 시선이 향한 곳이 어디인지 깨닫고 자신의 손으로 가리며 다시 한 번 여인이 비명을 질러댈 때, 사무진은 다시 눈앞에 훤히 드러난 탐스러운 두 개의 복숭아를 보며 히죽 웃음을 지었다.

　"예쁘네요."

　"뭐라고?"

　"복숭아가 참 먹음직스럽게 생겼다고요."

　진심을 담아 이야기를 꺼냈지만 돌아온 것은 잡아먹을 듯한 날카로운 눈매와 함께 경계의 눈초리였다.

　타닷!

　다다다닷!

　그리고 그때, 여인이 내질렀던 비명 소리를 들었는지 다급하기 그지없는 발소리가 근처로 다가오는 것이 들렸다.

　"아가씨! 대체 무슨 일입니까?"

　"지금 들어가겠습니다."

　호위무사처럼 보이는 사내들이 비명을 듣고 다가와서 걱정스레 꺼내는 이야기를 듣자마자 여인의 얼굴이 차갑게 변했다.

　당장에라도 문을 박차고 들어올 기세의 사내들.

　그들의 존재를 느끼고 사무진이 당황한 순간에도 웃음을 지었다.

　색마 노인에게 배운 살인미소!

　"둘이서만 있고 싶지 않아요?"

사무진이 속삭이자 차갑게 변했던 여인의 얼굴에 희미한 웃음이 스치고 지나갔다.

그리고 가볍게 고개를 끄덕이며 소리쳤다.

"잠깐만! 안 돼요!"

"네? 그게 대체 무슨 말입니까?"

문밖에 선 채 입을 떼는 사내들의 목소리에는 다급함과 함께 초조함, 그리고 의아함이 섞여 있었다.

"별것 아니에요. 벌레를 보고 놀라서 그런 거니까 신경 쓰지 마세요."

"정말이십니까?"

"그래요. 정말 별것 아니니 신경 쓰지 말고 돌아가요."

"그렇다면 저희가 벌레라도 잡고 돌아가겠습니다. 혹시 무시무시한 독충일지도 모르니 말입니다."

"그냥 바퀴벌레예요. 제가 벌써 때려잡았으니까 그만 돌아가세요. 놀랐더니 쉬고 싶네요."

명백한 축객령.

그녀의 의지가 강하다는 것을 느껴서인지 문밖에 서서 잠시 갈등하고 있던 사내들의 발소리가 점차 멀어지기 시작했다.

그리고 그제야 이불을 들어 나신을 가리는 여인을 향해 사무진이 물었다.

"제가 좋아요?"

"……"

"저도 그쪽이 좋아요."

그제야 안심이 된 사무진이 바보 같은 웃음을 지은 채 한마디를 던지자마자 여인의 얼굴에도 웃음이 어렸다.

그리고 어느새 사무진의 곁으로 다가온 여인이 나신을 가리고 있던 이불을 잡고 있던 손을 놓아버렸다.

다시 한 번 드러나는 탐스러운 복숭아!

그리고 사무진의 시선이 그 복숭아에게서 고정된 채 떨어지지 않을 때 앙칼진 여인의 목소리가 흘러나왔다.

"눈 감아, 이 새끼야!"

곱디고운 여인의 발이 번개같이 움직여 내밀고 있던 사무진의 머리를 인정사정없이 걷어찼다.


"헤헤."

조금 아팠다.

앙증맞다는 느낌이 들 정도로 자그마한 발에 맞아봤자 아프기나 할까 했던 처음의 생각과는 달리 사무진은 잠깐 정신을 잃었다.

그래도 정신을 차리자마자 웃음부터 나오는 것을 보니 신기한 일이었다.

아쉬운 것이라면 아까까지만 해도 실오라기 하나 걸치지 않고 있던 여인이 옷을 제대로 갖춰 입고 있다는 것이었다.

어쨌든 그제야 다른 것 말고 여인의 얼굴이 눈에 제대로 들어왔다.

초승달처럼 휘어진 그림 같은 눈썹, 이마를 타고 살짝 내려와 있는 부드러운 콧등, 그리고 마치 앵두처럼 탐스러운 입술이 보였다.

게다가 사무진이 제일 좋아하는 보석처럼 반짝이고 있는 눈빛까지 확인하고 사무진은 확신했다.

하늘이 그동안 자신이 겪은 고초를 보상해 주기 위해 이곳에서 고개를 내밀게 만들었다고.

하지만 지금은 예쁜 여인의 얼굴을 보고 좋아하고만 있을 때가 아니었다.

여전히 팔짱을 낀 채 매서운 눈초리로 자신을 쏘아보고 있는 여인을 향해 사무진이 입을 뗐다.

"저기……."

"뭐?"

"아까 벗고 있을 때가 더 좋았는데……."

말이 끝나기가 무섭게 여인이 다시 한 번 사무진을 걷어차기 위해서 발을 뻗었다.

부웅.

바람 소리까지 내며 다가오는 여인의 발을 간발의 차로 피해낸 사무진이 안도의 한숨을 내쉬며 질문을 던졌다.

"농담이에요. 근데 여기가 어디죠?"

"몰라?"

"제가 어떻게 알겠어요? 저는 그냥 땅속으로 돌아다니다가 우연히 들어온 것뿐인데."

"진짜야?"

끄덕.

틀림없는 사실이라는 듯 고개를 끄덕이는 사무진을 보고서 냉막하기 그지없던 여인이 표정을 조금 누그러뜨렸다.

"알 것 없어!"

"네?"

"알 것 없다고."

"그래도 우리가 볼 곳 못 볼 곳 다 본 사이인데 통성명 정도는 해야 하지 않을까요? 아, 싫으면 말고요."

순식간에 표정이 일그러지는 여인을 확인하고서 사무진이 눈치 빠르게 말을 돌렸다.

"저… 그럼 이제 그만 가도 될까요?"

"그냥 가려고?"

"뭐, 특별히 제가 할 일이 있는 것 같지도 않고……."

"지금 내 나신을 다 봐놓고서 그냥 가겠다고? 너, 꿈이 너무 큰 거 아냐?"

이번에는 사무진의 얼굴이 일그러졌다.

우연이었다.

그럴 의도가 있었던 것도 아니고 우연히 이곳으로 들어와서 그녀의 벗은 모습을 본 것뿐이다.

"그럼 어떻게 해야 하죠?"

"네게는 세 가지 방법이 있어."

"세 가지씩이나요?"

"그래. 세 가지. 그중 하나를 선택하면 돼."

"말씀해 주시면 경청하도록 하겠습니다."

기가 죽은 채 공손하게 대답하는 사무진을 보던 그녀가 희미한 웃음을 지은 채 입을 열기 시작했다.

"첫 번째는 그냥 죽는 거야. 사실 이게 제일 간편한 방법이기는 한데 그냥 죽이려니까 조금 불쌍해서 다른 방법들도 생각해 냈지. 두 번째는 혈마옥에 가두는 거야."

"혈마옥요?"

"그래. 혈마옥이 어떤 곳인지 알기는 하나 보지?"

놀란 표정을 감추지 못하는 사무진을 보고서 여인이 차가운 냉소를 날렸다.

'알지. 나만큼 잘 아는 사람도 드물걸. 며칠 전까지 거기 갇혀 있다가 겨우 나왔는데 모를 수가 없지.'

"조금 알아요."

속으로 중얼거린 말과 달리 사무진은 잔뜩 겁먹은 표정으로 대답했다.

그리고 사무진은 다시 혈마옥으로 돌아갈 생각 따위는 꿈에도 없었다.

탈옥에 성공한 지 며칠이나 됐다고 그곳으로 다시 돌아가

서 노린내 나는 호랑이 고기와 멀건 죽을 먹는 상상은 꿈에서
도 하고 싶지 않았다.

아니, 아마 그전에 희대의 살인마들에게 맞아죽을지도 몰
랐다.

물론 시간이 꽤나 많이 흘러서 검마 노인을 비롯한 희대의
살인마들이 그리울 때가 된다면 고려해 보겠지만 지금은 희
대의 살인마들이 그립기는커녕 떠오르지도 않았다.

"세 번째는?"

"세 번째는 그냥 죽은 듯이 지내는 거야. 이곳에서 내 벗은
나신을 보았다는 사실조차도 잊어버리고 말이지."

"세 번째로 할래요."

사무진이 생각할 것도 없다는 듯이 냉큼 답했다.

"나중에라도 이번 일에 대한 소문이 내 귀에 들어오는 날
에는 그때는 분명히 네 제삿날이 될 거야."

"제가 보기와는 다르게 입이 무척 무겁거든요."

"믿어보지."

"걱정하지 마세요. 그럼 이제 제가 질문 하나만 드려도 될
까요?"

"뭐지?"

"제가 기절한 사이 옷은 왜 다 벗겨놓으셨어요?"

실오라기 하나 걸치지 않고 있는 사무진이었다.

그리고 그 질문에 그녀가 차갑게 웃으며 대꾸했다.

"나만 보여주면 억울하잖아. 왜, 불만이야?"

"그건 아니고, 근데 어때요?"

"뭐가?"

"아니, 볼만하냐고요."

색마 노인의 도움으로 자신감이 충만해진 사무진이었다.

그리고 살인미소를 띤 채 던진 사무진의 질문이 끝나기가 무섭게 그녀의 얼굴이 붉게 달아올랐다.

"조금……."

"정말 조금이에요?"

"내가 다른 사내들 것을 본 적이 없어서. 그래도 조금보다는 더 낫기도 한 것 같고. 어머, 내가 지금 무슨 소리를 하고 있는 거야?"

퍼억!

횡설수설하던 그녀가 내지른 자그마한 발에 또 한 번 얻어맞고 사무진은 다시 한 번 정신을 잃었다.

第七章
심가상단

荷蕊乳蒸萓蓁湯細膓蕎福佑革予王
至大改元四月佛浴通吉廣為傳衍
日弟子趙孟順敬書長座前乎
老君演此真妙經竟

共同
傳人
공동전인

"모질기도 하지!"

추웠다.

한겨울의 삭풍은 아니었지만 늦가을의 쌀쌀한 밤바람으로 인해 추위가 느껴졌다.

그나마 다행인 것은 아는 곳에 버려주었다는 것이다.

"달빛 한번 참 곱네!"

허연 달을 바라보며 히죽 웃은 사무진은 옷부터 구해야겠다고 생각했다.

실오라기 하나 걸치지 않은 채로 돌아다니다가는 변태로 몰려서 잡혀갈 것이 뻔했다.

다행히 사무진이 도착한 곳은 소주의 뒷골목!

그리고 소주의 뒷골목은 사무진이 틈만 나면 돌아다니던 곳이었다. 찌뿌드드한 몸을 가볍게 풀며 자리에서 일어난 사무진이 아래를 내려다보았다.

"여전히 늠름하네!"

색마 노인 덕분에 세상 어느 남자 앞에 서더라도 주눅 들지 않을 정도로 늠름하게 변한 소중한 물건을 내려다보던 사무진이 양손으로 가렸다.

"다른 사내놈들이 보면 부러워서 날 죽이려 들지도 몰라."

보름달처럼 허연 엉덩이를 실룩거리며 어둠에 묻힌 장사 뒷골목을 익숙하게 걸어가던 사무진이 앞에 보이는 골목을 노려보았다.

저 골목만 돌아서 반 각만 걸어가면 친구 놈이 사는 집이었다.

우선 친구 놈이 사는 집에 들러서 옷부터 한 벌 얻어 입어야겠다는 생각으로 서둘러 걸음을 옮기던 사무진이 골목을 틀었다.

그리고 그런 사무진이 우뚝 멈춰 섰다.

서른이 갓 넘은 듯 보이는 여인!

만약 멈추는 것이 조금만 늦었다면 정면으로 부딪칠 뻔했다.

"미안해요!"

급한 마음에 앞을 확인하지도 않고 발걸음을 서둘렀던 자신의 실수라는 생각에 사무진이 예의 바르게 먼저 사과를 건넸다.

그러나 여인은 사과를 받아들이지 않았다.

처음 땅바닥을 향하고 있던 여인의 시선이 천천히 위로 올라왔다.

점점 더 커지기 시작하는 여인의 두 눈.

그리고 그런 여인은 사무진의 얼굴까지 확인하고서는 더 이상 커질 수 없을 정도로 두 눈을 부릅떴다.

"꺄아아악!"

곧이어 그 여인은 한껏 입을 벌리며 귀곡성 같은 비명성을 토해냈다.

날카로운 비명성.

귀가 아플 정도로 질러대는 그 비명성을 듣고서야 사무진은 본능적으로 중요한 부분을 가리고 있던 양손을 들어 귀를 막았다.

그와 동시에 비명을 지르고 있던 여인의 시선이 드러난 사무진의 중요한 부분으로 옮겨갔다.

그리고 떠오르는 홍조.

왜 하필 지금 이 여인의 얼굴이 붉게 달아오르는지는 알지 못했지만 여인의 얼굴은 붉게 상기되어 있었다.

일단 진정을 시켜야겠다는 생각에 사무진이 입을 열려 할 때 여인이 다시 떠나가라고 소리를 질렀다.

"사람 살려!"

그 비명 소리를 듣고서 사무진은 당황으로 인해 얼굴이 붉게 물들었다.

아무것도 한 것이 없었다.

겁을 준 것도 아니고, 협박을 한 것도 아니고, 그렇다고 만져서 안 될 곳을 만진 것은 더더욱 아니었다.

그런데 사람 살리라고 다짜고짜 비명을 지르다니.

"안 죽일게요."

가까스로 정신을 차리고 진정시키기 위해서 한마디를 던졌지만 여인의 얼굴은 더욱 창백하게 변해 있었다.

"진짜 안 죽일게요."

"사람 살려!"

또 한 번 같은 이야기를 던졌지만 상황은 점점 더 악화되기만 했다.

타닷!

타다다닷!

그리고 소주 땅에는 아직 정의가 살아 있었다.

위험에 처한 여인의 자지러지는 비명 소리를 듣고서 외면하지 않고 사람들이 몰려드는 듯 발소리가 들렸다.

짧게 한숨을 내쉰 사무진은 알고 있었다.

야심한 밤에 실오라기 하나 걸치지 않은 상태로 여인의 앞에 서 있는 자신의 모습.

지금은 어느 누가 봐도 변태로 오해하기 딱 좋은 상황이라는 것을.

"아이, 진짜!"

상황을 깨달은 사무진이 이마를 찌푸렸다.

그리고 비명을 지르면서도 붉게 상기된 얼굴로 사무진의 중요한 부분을 흘끔흘끔 살피고 있던 여인이 그런 사무진의 찌푸린 얼굴을 보고서 다시 한 번 소리쳤다.

"괴물!"

그 외침을 듣고서 사무진의 얼굴이 더욱 찡그려졌다.

"눈썹이 없어서 그렇지 사람인데……."

'아, 진짜 지겨워 죽겠네!'

이놈의 땅속은 지긋지긋했다.

방법이 없었다.

눈앞에 여인은 진정할 기미를 보이지 않고, 비명 소리를 듣고서 사람들은 몰려드는데 이 상황을 타개할 방법이 마땅히 떠오르지 않았다.

몰려든 사람들에게 변태나 괴물로 낙인찍히기 전에 사라지는 것이 최선이라는 생각에 땅속으로 파고들었다.

그렇게 땅속에 파고든 후 몇 장을 움직인 후 귀를 기울여 보니 여인과 몰려든 사람들이 웅성거리며 나누는 대화 소리가 들렸다.

변태니 귀신이니 괴물이니······.

갑자기 눈앞에서 사라져 버린 자신에 대한 설명을 하기 위해 여인이 횡설수설하며 꺼내는 이야기들.

변태라는 말은 참을 만했다.

상황이 상황이었으니까.

귀신이라는 말도 견딜 만했다.

갑자기 땅속으로 꺼진 후 사라져 버린 자신을 보고 귀신이라고 생각하는 것도 무리는 아니었다.

하지만 괴물이라는 말은 사무진의 마음을 너무나 아프게 만들었다.

'유령신마 노인 때문이야!'

있는 듯 없는 듯 희미한 눈썹!

'때가 되면 다시 길어지겠지.'

애써 자위했지만 말 그대로 자위일 뿐이었다.

이놈의 눈썹은 정말 더럽게 안 자랐다.

오죽했으면 외모에는 전혀 신경을 안 쓰는, 그리고 신경 써봤자 크게 표시도 나지 않는 유령신마가 눈썹 문신까지 하려고 했을까?

"휴우!"

땅이 꺼져라 한숨을 내쉰 사무진은 다시 땅속을 움직이기 시작했다.

괴물이라 불리는 것은 당장에 해결할 수 없지만 변태 소리

라도 듣지 않기 위해서는 일단 옷을 한 벌 구하는 것이 무엇
보다 다급했다.


"자냐?"

"그래."

"잠이 오냐?"

"밤에는 자야지."

불 꺼진 방 안은 깜깜했다.

하지만 아무것도 보이지 않는 땅속만큼은 아니었다.

문틈을 비집고 들어오고 있는 희미한 달빛만으로도 사무
진은 방 안의 정경을 선명하게 확인할 수 있었다.

그리고 사무진의 눈에 오랜 친구 녀석인 봉일춘이 자는 모
습이 보였다.

아마 다섯 살 때부터였던 것 같다.

이놈과의 질긴 인연이 시작된 것은.

아니, 어쩌면 더 긴 시간이었을지도 몰랐다.

사무진의 기억 속에 이놈과의 추억이 저장된 것이 다섯 살
때부터였을 뿐.

처음 기억에 남아 있던 광경은 강가에서 소변을 볼 때였
다.

우연히 옆에서 나란히 서서 소변을 보다가 시비가 붙었
다.

누구 고추가 더 큰가 하는 것으로 말싸움을 시작한 것은 기어이 주먹다짐으로 이어졌고, 결국 코피가 터지고서야 그 싸움을 멈추었다.

그렇게 시작된 인연이었다.

그리고 사무진이 혈마옥에 갇히기 전까지 그 인연은 이어졌고, 나이가 들어서 술을 함께 마실 때마다 시시껄렁한 농담 따먹기나 하며 누구 물건이 더 큰가에 대해서 여전히 다투었었다.

"나 보고 싶지 않았어?"

"우리 춘자야 당연히 보고 싶었지. 이 오라버니가 네 생각을 얼마나 하는데. 네 토실토실한 엉덩이와 죽여주는 가슴만 보면……."

잠에 깊이 취한 상태임에도 불구하고 춘자라는 이름 모를 여인의 꿈을 꾸면서 용케 잠꼬대를 이어 나가는 모습을 보니 자신의 친구 봉일춘이 확실했다.

"하나도 안 변했네."

말 그대로 여전했다.

아무리 좋게 봐주려 해도 못생긴 얼굴.

그리고 여전히 기녀들의 뒤꽁무니나 쫓고 다니는 모습까지도.

"그럼 안 변했지. 춘자를 향한 이 오라버니의 뜨거운 열정은 절대 쉽게 변하는 것이 아니라니까. 그런 의미에서 우리 뽀뽀나 한 번 할까?"

"싫은데."

"싫어? 그럼 뽀뽀는 나중에 하고 다른 것부터 해볼까?"

슬금슬금.

잠꼬대가 멈추기 무섭게 두툼한 봉일춘의 손이 기어올라 왔다.

꽤나 굵은 털이 복슬복슬 자라 있는 사무진의 다리를 타고 올라온 봉일춘의 손이 얌전하게 누워 있는 사무진의 다리털을 쓰다듬었다.

"우리 춘자, 보기랑 다르게 다리털이 많네."

헤벌쭉.

뭐가 좋은지 침까지 흘리면서 웃고 있던 봉일춘의 손이 다리를 지나쳐 이번에는 가슴으로 올라왔다.

"우리 춘자, 그런데 가슴이 왜 이리 작은 거야? 설마 그동안 오라버니 몰래 가슴에 천이라도 몇 겹 대고 있었던 거야?"

사무진의 가슴을 주물럭거리던 봉일춘이 실망한 듯 얼굴을 찡그렸다.

그런 봉일춘의 손이 다시 슬금슬금 기어올라 왔다.

그리고 사무진의 얼굴을 어루만지던 봉일춘의 손이 눈썹 어림에서 멈추었다가 몇 번이나 그 주위를 헤맸다.

"가만가만. 이거 좀 이상한데. 우리 춘자, 눈썹은 어디 갔지? 설마 화장을 지워서 눈썹마저 사라진 건가?"

찡그리고 있던 봉일춘의 눈꺼풀이 떨리기 시작했다.

뭔가 이상하다는 것을 느낀 듯.

"좋아?"

"우리 춘자가 좋기는 한데, 그래, 다리에 털이 많은 것이나 가슴이 작은 것은 어떻게 이해해 보겠는데 눈썹이 없는 것은 좀 그렇다. 그래도 나는 춘자를……."

어느새 다시 사무진의 가슴으로 내려온 뒤 주물럭거리고 있던 봉일춘의 손이 일순 멈추었다.

후다닥!

그리고 눈꺼풀을 밀어올린 봉일춘이 잠들어 있던 자세 그대로 뒤로 물러났다.

하지만 좁아터진 방 안이었다.

얼마 지나지 않아 봉일춘의 등은 벽에 닿았고, 잔뜩 겁을 집어먹은 두 눈으로 봉일춘이 소리를 질렀다.

"괴물!"

"미친놈!"

"춘자는 어디 가고 이런 괴물이 나타났지?"

아직도 꿈과 현실을 혼동하고 있는 봉일춘을 보던 사무진은 어이가 없어서 고개를 절레절레 흔들었다.

"춘자보다 내가 더 매력적이지 않아?"

"괴물 주제에!"

"남자 가슴이나 주물럭거리는 변태 주제에."

딱!

사무진이 봉일춘의 뒤통수를 후려쳤다.

예상치 못한 불의의 일격을 당한 봉일춘이 이를 악물고 사무진을 노려보다 고개를 갸웃했다.

"사무진?"

"일찍도 알아보네."

사무진이 반갑다는 듯이 씨익 웃자마자 봉일춘의 두 눈에 안타까운 빛이 어렸다.

"눈썹은 어쩌다가?"

"촌 동네에 살아서 잘 모르나 본데, 요즘 눈썹 미는 게 유행이야."

안타까운 빛에서 어느새 동정 어린 빛으로 변하고 있는 봉일춘의 두 눈을 확인한 사무진이 얼굴을 찡그렸다.

이놈에게까지 동정은 받고 싶지 않았다.

그래서 태연한 척 대답했다.

"죽은 줄 알았더니 어쩌다가 이런 괴물이 되어서 돌아왔어?"

그러나 사무진이 애써 꺼낸 대답과 상관없이 봉일춘은 동정심 가득한 눈빛으로 사무진을 바라보고 있었다.


"옷이나 입어라!"

연민이 가득 담긴 눈빛으로 사무진을 바라보던 봉일춘이 옷장을 뒤져서 손에 잡히는 옷 한 벌을 던져 주었다.

그리고 무심코 고개를 돌린 봉일춘이 쩍하니 입을 벌렸다.

"너……!"

변했다.

이 년 만에 돌아온 사무진은 분명히 변해 있었다.

머리카락이 단발로 변하고, 눈썹이 흔적도 없이 사라져서 괴물같이 변한 것이 다가 아니었다.

덜렁덜렁.

바닥에 떨어진 옷을 줍기 위해서 걸음을 옮기고 있는 사무진의 물건이 눈에 들어오자 놀라지 않을 수 없었다.

컸다.

예전에는 자신의 물건과 비교해도 별 차이가 나지 않았는데 지금은 달라도 너무나 달라져 있었다.

"입 닫아라. 침 흐른다."

"그… 그래!"

"그리고 너무 뚫어져라 쳐다보지 마라. 닳으니까."

사무진이라고 해서 지금 봉일춘이 입을 쩍하니 벌리고서 침까지 흘리고 있는 이유를 모를 리 없었다.

봉일춘의 시선은 늠름한 자신의 물건에 고정된 채 떨어질 줄 몰랐으니까.

"설마 너, 그사이 취향이 변한 것은 아니지?"

"뭔 소리야?"

"혹시 남자를 좋아하게 된 것 아닌가 해서. 그러니까 지금

나를 보고 흥분한 것이 아닌가 해서 말이지."

주섬주섬 옷을 챙기던 사무진이 픽 하고 웃음을 지었다.

"남자라면 학을 뗀다!"

사내인 자신이 꺼내기에는 조금 이상하다는 생각을 하면서도 사무진이 말을 마쳤다.

그리고 한마디를 덧붙였다.

"부러워?"

끄덕!

주저없이 고개를 끄덕인 봉일춘이 아무래도 이해가 가지 않는다는 표정을 지었다.

"그동안 약장수라도 따라다녔냐?"

"그건 또 뭔 소리야?"

"그런 소문이 있더라고. 떠돌이 약장수들 중에 신기한 기술을 가진 사람이 있다는. 그러니까 어떤 약물을 주입해서 작은 물건을 크게 만들어주는……."

사무진이 한심하다는 듯이 봉일춘을 바라보았다.

"네가 보기에는 어때?"

"……."

"그 말을 믿다니 너무 순진한 것 아냐? 인공적으로 약물을 주입해서 이렇게 될 것 같아? 이건 뼈를 깎는 고통을 참으며 수련한 끝에 만들어진 자연산이야!"

그새 옷을 입었지만 여전히 앞섶이 불룩 튀어나와 있는 사무진을 보던 봉일춘이 길게 한숨을 내쉬었다.

부러웠지만 지금 당장은 따라잡을 방법이 없었다.

"그나저나 대체 그동안 어디 갔었냐? 네가 사라지고 나서 한동안 소문이 무성했다. 무림인의 전낭을 건드렸다가 맞아죽었다는 소문도 있었고, 홍수가 닥쳤을 때 물살에 떠내려가는 것을 보았다는 사람도 있었지. 물론 가장 유력한 소문은 작두방의 방주인 고대윤에게 걸려 어딘가 산 채로 묻혔다는 소문이었지."

"걱정은 했냐?"

"그야 물론이지."

"그래서 꿈속에서까지 춘자라는 아가씨를 찾았구나?"

봉일춘이 머리를 긁적였다.

하지만 봉일춘은 사무진의 친구답게 얼굴이 두꺼웠다.

"춘자가 좀 예뻐!"

피식.

실소를 터뜨린 사무진이 봉일춘을 향해 진지하게 물었다.

"정말 예뻐?"

"그야 당연하지. 나 눈 높은 것 알지?"

알고도 남았다.

치마만 두른 젊은 여자라면 무조건 예쁘다고 하는 봉일춘의 눈높이는.

"지금 소주 바닥이 아주 난리가 났다. 가화루에 새로 등장한 춘자 때문에. 선녀가 따로 없다니까."

꿈을 꾸듯 황홀한 표정을 짓고 있는 봉일춘이었다.

그리고 그제야 사무진도 조금 궁금해졌다.

"뽀뽀는 해봤냐?"

"그야 당연히… 못했지."

"그럼 손은 잡아봤냐?"

"그것도 당연히… 못 잡아봤지."

"그럼?"

"영혼의 교감이랄까? 시선이 마주치는 순간 난 춘자 씨와 사랑에 빠지게 될 것이라는 것을 알아버렸지."

"또 짝사랑이네. 지겹지도 않냐?"

봉일춘의 얼굴이 붉게 달아올랐다.

하지만 그뿐이었다.

부인하기 힘든 듯 거칠게 콧김만 내뿜고 있는 봉일춘을 향해 사무진이 조심스레 한마디를 던졌다.

"내가 한번 만나볼까?"

"웃기는 소리! 짝사랑은 나 못지않게 많이 한 놈이. 춘자 씨를 짝사랑하는 사내놈들은 이 소주 바닥에만 이미 수백 명이다. 괜히 네 이름까지 올리지 마라."

"나한테 넘어올 수도 있잖아."

"괜히 쓸데없는 기대 갖지 마라. 우리 춘자 씨, 그렇게 쉬운 여자 아니다."

콧방귀를 뀌는 봉일춘을 보자 슬그머니 자존심이 상하기

시작했다.

"마교를 재건해라!"

귀에 못이 박힐 정도로 들었던 뇌마 노인의 이야기.

당장에라도 뇌마 노인이 눈을 부라리며 어디선가 들이닥칠 것 같은 기분이 들었지만 사무진은 고개를 흔들어 그 상념에서 벗어났다.

그동안 얼마나 자신이 고생했던가?

그 고생한 시간의 보상을 위해서라도 잠깐 노는 것은 큰 문제가 되지 않을 것이라고 애써 자위했다.

"마교 재건. 까짓것, 하면 될 것 아냐. 삼십 년이나 기다렸는데 며칠 더 기다린다고 큰일이야 나겠어?"

"뭐라고?"

"아니. 춘자라는 아가씨, 내가 꼬신다고."

"미친놈. 너 정도로는 어림도 없다니까."

"내가 너랑 같냐?"

"다른 것이 뭔데? 눈썹 없는 것?"

다리에 힘이 풀려 신형을 휘청거렸다.

가뜩이나 눈썹이 없어서 사방에서 괴물 소리를 들으며 얼마나 상처를 받았는데.

그래서 더욱 오기가 치밀어 올랐다.

"남자의 자존심이 차이가 나잖아."

"남자의 자존심?"

"그래. 이거 말이야."

사무진의 시선이 아래로 내려갔다.

끄응.

그리고 그 시선을 따라갔던 봉일춘이 분한 신음을 흘렸다.

"설마 옷을 벗고 춘자 씨한테 가서 승부를 내려는 것은 아니지?"

"그럴 리가 있나? 내게는 다른 매력도 많아."

"거짓말!"

"두고 봐. 살인미소 하나면 넋이 나가 버릴 테니까."

사무진이 의미심장한 미소를 지었다.

그와 동시에 봉일춘이 참지 못하고 주먹을 날렸다.

퍼억!

젠장!

역시 살인미소는 남자에게는 통하지 않았다.


소주의 중심가는 번잡했다.

경치가 아름답기로 소문난 관광지가 가득한 만큼 이름난 시인묵객부터 이직은 이름이 알려지지 않은 시인묵객, 그리고 죽기 전에 소주 구경을 위해 들른 어중이떠중이들까지.

그렇게 관광객들이 모이면 상가가 생기기 마련이다.

아무리 좋은 관광지라도 구경하다 보면 배가 고프기 마련인 만큼 객잔이 생기고, 식사를 하다 보면 술 생각이 나는 것은 당연한 일이었다.

주루가 생기고, 술을 마시다 보면 여자 생각이 나는 것이 부처를 제외한 정상적인 사내들의 습성인 만큼 기루가 생기는 것도 당연한 일이었다.

게다가 놀다 보면 시간은 유수같이 흐르는 법이다.

그 긴 시간 동안 자신이 공들이기 시작한 기녀에게 옷 한 벌만 입고 돌아다니는 궁상맞은 모습을 보여줄 수 없는 만큼 포목상이 번성하고, 공들이고 있는 기녀에게 선물이라도 하려는 사내들의 마음 때문에 장신구 가게도 생겼다.

그래서 언제나처럼 사람들로 번잡한 소주의 중심가를 걸어가던 사무진의 시선이 한곳으로 향했다.

웅성웅성.

아직은 유시 초반.

여름에 비해 일찍 모습을 감추는 늦가을의 태양조차 모습을 감추지 않은 비교적 이른 시간임에도 불구하고 가화루란 간판이 붙어 있는 기루의 정문 앞에는 수많은 사내들이 모여 있었다.

근처에 있는 다른 기루들이 파리를 날릴 정도로 한산한 것과 비교하면 달라도 분명히 달랐다.

"저기인가 보네!"

"그래. 저기가 나의 우상인 춘자 씨가 있는 가화루야!"

"우상은 얼어 죽을."

가볍게 코웃음을 쳐주었지만 사무진도 살짝 놀랐다.

족히 수십 명은 될 사내들이 가화루 앞에 진을 치고 있었다.

"진짜로 꽤 예쁜가 보네?"

"꽤 예쁘다니. 너 그렇게 함부로 입을 놀리다가는 저기 진을 치고 있는 자들한테 몽둥이찜질을 당할지도 몰라."

"그런 말 해도 하나도 안 무섭다. 희대의 살인마들과도 삼 년이나 부대끼면서 살았던 나거든."

"희대의 살인마?"

"그런 게 있다. 그나저나 돈 좀 있냐?"

고개를 갸웃하던 봉일춘이 눈을 가늘게 떴다.

"설마?"

"설마 뭐?"

"돈지랄을 떨어서 춘자 씨를 꼬이려는 생각은 아니지?"

돈지랄을 떨다니.

역시 단순한 놈이었다.

돈지랄을 떨 정도로 많은 돈도 없는 놈이 두 눈 가득 의심스런 눈초리를 보내는 것이 더 우스웠다.

"쓸데없는 소리 말고 밥이나 먹자!"

"왜? 벌써 포기하는 거야?"

"아직 초저녁이잖아. 아무리 예쁜 여자가 따라주는 술이라도 술은 술이야. 밥을 먹고 속을 든든하게 한 다음에 마셔야지."

불신 어린 표정을 짓고 있는 봉일춘을 기어이 객잔으로 이끌고 가 푸짐하게 한 상 차려 먹은 사무진은 다시 가화루로 돌아갔다.

식사를 하는 동안 반 시진밖에 흐르지 않았음에도 불구하고 가화루 앞에는 아까보다 훨씬 많은 사내들이 몰려들어 있었다.

기가 죽을 정도로.

"포기해라. 모른 척 넘어가 줄 테니까."

"포기라니, 이거 점점 더 재밌어지는데."

붉은 혓바닥을 내밀어 마른 입술을 살짝 훑은 사무진이 더는 망설이지 않고 수많은 사내로 인산인해를 이루고 있는 가화루의 앞으로 걸어갔다.

허겁지겁 뒤쫓아 온 봉일춘이 사무진의 뒤로 따라붙으며 입을 뗐다.

"잠깐!"

"왜?"

"내 사랑 춘자 씨는 아무나 만날 수 없어!"

"기녀라면서? 돈만 내면 만날 수 있는 것 아냐?"

"내 우상 춘자 씨는 그렇게 쉬운 여자가 아니라니까. 춘자 씨는 하루에 딱 한 명의 손님만 받아."

이건 대체 또 무슨 뚱딴지같은 소리인가 하는 표정을 지은 채 사무진이 봉일춘을 바라보았다.

기녀면 기녀답게 돈을 내고 술을 마시면 만날 수 있어야지.

살짝 기분이 나빠지려는 것을 억지로 참고 있을 때, 봉일춘이 설명을 시작했다.

"너무 기분 나쁜 표정 짓지 마. 우리 춘자 씨는 워낙에 특별해서 그런 거니까. 어쨌든 춘자 씨를 만나려면 일단 서찰을 적어야 해. 그래서 저기 보이는 문지기에게 전해주면 서찰들을 취합했다가 춘자 씨에게 건네주지."

"그 서찰을 건넨 사람 중에 딱 한 명을 고른다?"

"그래."

"제비뽑기?"

"그건 아닌 것 같아. 내가 저 문지기에게 건넨 서찰의 수가 무려 삼백 통이 훌쩍 넘었음에도 불구하고 춘자 씨를 아직 한 번도 만나지 못한 것으로 봐서 어쩌면 저 문지기의 농간일 수도 있지."

딱 봐도 정직하게 생긴 문지기였다.

농간을 부릴 리가 없다는 것을 한눈에 알겠음에도 불구하고 이유를 알 수 없는 적개심을 불태우고 있는 봉일춘을 한심하게 바라보며 사무진이 입을 열었다.

"지극 정성이네."

"간절한 마음은 언젠가는 전해지지."

"네 부모님도 너 이러고 다니는 것 아시냐?"

"당연히 모르지. 하지만 만약 부모님이 우리 춘자 씨와 나의 사랑을 허락하지 않는다면……."

"않는다면?"

"가출할 거야!"

"미친놈."

봉일춘을 한심하게 바라보던 사무진이 다시 물었다.

"그나저나 서찰에는 대체 뭘 적어야 하는 건데?"

"그건 자기 마음인 것 같아. 그런데 들리는 소문에 의하면 춘자 씨를 만난 사내들은 대부분 이름이 알려진 무림인이거나 학식이 대단히 높은 학자라고 하더라고. 하지만 아무도 모르지. 뒷구멍으로 어떤 수를 썼을지도."

"기녀가 아니라 아주 상전이네."

지금 대화를 나눈 봉일춘의 이야기를 들어본 결과 아무래도 제비뽑기는 아닌 듯했고, 분명 어떤 기준이 있는 것 같았다.

그리고 서찰에 적을 정답을 모르는 지금의 상황에서는 정답 못지않게 오답을 아는 것이 중요했다.

다행히 지금 사무진의 곁에는 일 년이 넘게 오답만 적어내고 있는, 오답제조기라고 불러도 무방한 봉일춘이 있었다.

혀를 끌끌 차며 못마땅한 표정을 짓고 있던 사무진이 퍼뜩 궁금한 생각이 들어서 다시 물었다.

"넌 뭐라고 적었는데?"

"나야……."

"설마 전설상의 미남이라고 알려진 송옥과 반안이 울고 갈 정도로 대단한 미남이라고 적은 것은 아니겠지?"

"어떻게 알았지?"

"네 수준이 딱 그 정도니까."

별 귀신같은 놈을 다 본다는 표정을 짓고 있는 봉일춘을 향해 사무진은 연달아 그가 적었을 것 같은 답을 꺼내놓았다.

"집에 하도 돈이 많아서 전표로 딱지를 접는다거나, 변기를 황금으로 만들었다는 말도 적었겠고."

"그동안 점 배우러 다녔냐?"

"보자, 그래. 가진 것은 힘밖에 없어서 소변을 볼 때마다 변기가 하나씩 깨진다는 말도 적었겠네? 맞지?"

"귀신, 아니 괴물!"

쏙쏙 정답만 집어내고 있는 사무진을 보던 봉일춘의 눈에는 감탄을 넘어서 두려운 빛까지 어려 있었다.

그런 봉일춘에게 피식 웃음을 지어준 사무진이 다시 가화루의 앞으로 걸어갔다.

각양각색의 인물들.

어디서 글공부만 한 샌님 같은 양반들도 있었고, 화려하기 그지없는 비단옷으로 몸을 감싼 부잣집 자제들도 보였다.

그리고 험악한 인상을 하고서 허리에 검이나 도를 하나씩 매달고 있는 강호의 무인처럼 보이는 자들도 있었고.

얼핏 보아 전혀 어울리기 힘들 것 같은 인물들의 조합이었지만 이곳에 모인 이들은 하나같이 서찰에 뭔가를 적고 있다는 공통점이 있었다.

뒤늦게 다가간 사무진은 서찰을 받고서 자리를 잡고 앉아 옆 사람이 어떻게 적고 있는가를 살폈다.

꽤나 부잣집 자제인 듯 보이는 얄팍한 얼굴선을 가진 젊은 사내가 부지런히 붓을 놀리고 있었다.

사무진이 곁눈질로 슬쩍 내용을 살폈다.


춘자! 지금의 내게는 오직 당신뿐이오. 만약 당신만 내 곁에 있어준다면 난 지금 내가 가진 모든 것을 포기할 수도 있소. 개봉에서 가장 큰 상단이라고 알려진 흑풍상단의 후계자 자리 따위, 당신을 위해서라면 난 당장에라도 미련없이 내팽개칠 수 있소. 이렇게 간절한 내 마음을 알아주시오. 밥을 먹을 때도, 잠자리에 들 때도, 나는 온통 그대 생각뿐이라오. 그러니……


일필휘지로 막힘없이 유치한 연애편지를 적어 내려가는 품새가 벌써 한두 번 적어본 솜씨가 아니었다.

"뭘 보나?"

"잘 쓰는 것 같아서."

"내가 어릴 때부터 글에 조예가 있다는 소리는 좀 들었지. 혹시 글을 모르나? 그렇다면 내가 간단하게라도 대신 적어줄 수도 있는데."

부탁하지도 않았는데 미리 과잉 친절을 베풀려는 사내를

향해 사무진이 급히 고개를 흔들었다.

　아무리 봐도 오답제조기인 자신의 친구 봉일춘이 이전에 썼던 오답들보다도 훨씬 못한 듯 보였다.

　적어도 봉일춘의 오답에는 진심이라도 담겨 있었는데 이 사내의 서찰에 적힌 글에서는 그 진심마저 사라지고 온통 허영과 미사여구만이 가득했으니까. 가볍게 거절한 사무진이 이번에는 왼쪽으로 고개를 돌려 다른 사내가 적는 것을 바라보았다.

　마흔도 훌쩍 넘어 보이는 학자풍의 사내.


　세살 때 천자문을 떼고 다섯 살 때 논어와 맹자를 모두 익혔소. 열 살 무렵 사서삼경을 모두 독파했고, 스물이 되었을 무렵에는 나와 토론을 했던 장안의 이름있는 학자들조차 모두 나의 지식을 감당하지 못하고 고개를 절레절레 흔들었소. 원래라면 관에 투신해 이 한 몸을 바치려 했지만 이미 썩을 만큼 썩어버린 이 나라의 현실에 환멸을 느끼고 심산유곡에 처박혀 책을 읽고 쓰는 것을 낙으로 삼으며 남은 인생을 소요하려 했소. 하지만 우연히 이곳에 들렀다가 당신의 소문을 들었고, 먼발치에서 바라본 당신의 아름다운 자태에 나는 그만 눈이 멀고 말았소. 이제 당신과 나의 첫 만남이 인연이 된다면 잊고 지냈던 나의 정열을 다시 불태울 수 있을 것만 같구려. 이만 나의……


　고민 끝에 한 글자 한 글자를 써 내려가는 학자풍의 사내

역시 사무진의 시선을 느낀 듯 고개를 돌렸다.

그리고 점잖은 목소리로 타이르듯 말했다.

"군자라면 자신에게 한 점의 부끄러움도 없어야 할 터. 자네는 앞을 보시게."

근엄한 목소리로 타이르며 대인다운 모습을 보여주던 사내였지만 마지막 순간 소매를 들어서 자신의 서찰을 가리는 것을 보며 사무진이 빙긋 웃음을 지었다.

딱 봐도 낙방서생이었다.

"열 살 때 사서삼경까지 독파했다면 천재이신 것 같은데 글 솜씨는 좀……."

"신경 끄게!"

냉정한 한마디를 남기고 매섭게 째려보는 학자풍의 사내를 보고서 사무진이 급히 고개를 돌렸다.

그리고 고개를 돌리던 사무진의 눈에 이번에는 뒤쪽 사내가 적고 있는 서찰이 보였다.

허리에 걸려 있는 검과 날카롭게 빛나고 있는 안광으로 보아 강호의 무인 같은 사내의 서찰에는 앞의 두 사람과는 또 다른 내용이 적혀 있었다.


세 살 때 처음 검을 잡았소. 아무것도 모르던 시절, 그저 할아버님의 성화로 인해서 처음으로 잡았던 검이지만 나는 곧 내 스스로 검의 매력에 푹 빠지고 말았소. 가문의 절기, 아, 먼저 나를 소개해야겠구려. 남궁세가에 대해서는 당신도 알 터이니 굳이 설명하지 않겠소. 나는 현재 남궁세가 가주의 차남인 남궁민이라고 하오. 가문의 수많은 절기를 익히며 지금껏 단 한 번도 나의 마음은 검을 제외한 다른 것에 빼앗긴 적이 없었소. 그러나 당신을 본 순간, 내 마음은 처음으로 흔들렸소. 부동심을 유지해야 하는 무인의 마음이 흔들렸단 말이오. 다시 예전의 나로 돌아가고 싶소. 그리고 그러기 위해서는 당신이 필요하오. 오직 당신만이……

'남궁세가라면 꽤나 유명한 곳으로 알고 있는데……'

이번에는 사무진도 흠칫 놀랐다.

남궁세가라면 모용세가, 사천당가, 하북팽가, 제갈세가와 함께 무림 오대세가 중 한곳으로 꽤나 유명한 곳이었다.

물론 잘나갈 때의 마교와는 비교할 수 없겠지만.

어쨌든 그 유명한 남궁세가 가주의 차남이 여기서 춘자라는 기녀에게 연애편지나 쓰고 있다는 것은 꽤나 놀랄 만한 일이었다.

"재밌네, 재밌어."

점점 흥미로워진다는 생각을 하며 사무진도 붓을 들었다.

앞에 놓인 것은 비어 있는 백지.

잠시 고민하던 사무진은 백지로 먹물을 가득 묻힌 붓을 가져갔다.

툭. 툭.

그리고 그린 사무진이 먼저 그린 것은 다섯 개의 굵은 점이었다.

마치 어린아이들이 땅바닥에 그림을 그리며 장난치듯이 다섯 개의 굵은 점을 원 형태로 그린 사무진은 만족스런 표정을 지었다.

그리고 이어서 다시 붓을 놀리기 시작했다.

톡. 톡.

이번에는 좀 더 작은 점.

처음 그린 다섯 개의 굵은 점 옆으로 대충 그려진 작은 점들은 아무런 규칙성도 없이 그려진 듯 보였지만 사무진은 이번에도 만족한 표정을 지었다.

"명화네, 명화!"

화룡점정이랄까?

스윽.

용의 눈을 그려 넣는 이름난 화가처럼 집중한 표정으로 동그라미 하나를 대충 그린 사무진이 자리에서 벌떡 일어났다.


"뭐, 그렇게 큰 기대는 안 했다."

사무진이 적은 서찰.

아니, 대충 그린 서찰을 확인한 봉일춘이 비웃음을 띤 채 바라보았지만 사무진은 어깨를 으쓱했다.

"춘자라는 기녀는 오늘 내 술시중을 들 거야."

"꿈도 야무지네. 낙서나 하고 온 주제에."

"두고 봐."

"그래, 두고 보지. 아마 네가 처음일 거야, 내 우상인 춘자 씨에게 그렇게 성의없는 서찰을 적은 것은. 그에 대한 응당의 보복을 해주지."

"따라가겠다고 떼나 쓰지 마라."

"그만 때리라고 울지나 마라."

한마디도 지지 않는 사무진이 마음에 들지 않는 듯 봉일춘이 인상을 쓰면서 주먹을 들어 올릴 때였다.

수많은 사내들이 적은 구구절절하고도 애절한 사연이 담긴 서찰을 들고서 안으로 들어갔던 문지기가 다시 모습을 드러냈다.

그리고 그 문지기가 소리를 질렀다.

"사 대협, 사무진 대협 계십니까?"

우렁차면서도 투박한 문지기의 목소리가 흘러나오자마자 가화루 앞에서 초조하게 결과를 기다리고 있던 사내들의 얼굴에 갖가지 감정이 교차하기 시작했다.

실망감, 허탈함, 그리고 부러움까지.

그러나 그들 중에서 가장 놀란 것은 바로 봉일춘이었다.

"말도 안 돼!"

사무진이 적어 냈던 서찰을 직접 본 봉일춘이다.

굵은 점 다섯 개와 그보다 작은 점 열 몇 개, 거기에 누구나 그릴 수 있는 동그라미 하나를 그린 것이 다였던 사무진의 서찰이었다.

그럼에도 불구하고 문지기는 오늘 봉일춘의 우상인 춘자 씨가 고른 사람이 사무진이라고 소리쳤다.

삼백 통도 넘게 적었던 봉일춘의 서찰들.

가화루 앞에 쭈그리고 앉아서 한장 한장 정성 들여 적었던 그 수많은 서찰이 그의 머릿속을 주마등처럼 스치고 지나갔다.

봉일춘이 생각하기에는 하나같이 주옥같은 문장들.

그러나 그런 주옥같던 문장들이 겨우 점 몇 개 찍어놓은 것이 다인 사무진의 서찰보다도 못했다는 생각이 들자 화가 치밀어 오르지 않을 수 없었다.

"나 간다!"

그래서 씩씩대고 있는 봉일춘의 어깨를 가볍게 두드린 사무진이 걸음도 가볍게 가화루의 정문으로 움직이기 시작했다.

그런 사무진의 어깨를 봉일춘이 낚아챘다.

"진짜……."

"이해가 안 돼?"

"응!"

"그런데 부러워?"

"부러워 죽겠어!"

역시 일춘이는 솔직한 녀석이었다.

중요한 순간에는 자존심 따위는 순식간에 버릴 줄도 알았고.

"같이 가면 안 될까?"

"세상에는 말이야… 아무리 원해도 되지 않는 것도 있어."

툭. 툭.

격려라도 하듯 봉일춘의 어깨를 두드려 준 사무진이 보무도 당당하게 걸음을 옮기기 시작했다.

끝까지 등에서 떨어지지 않는 봉일춘과 수많은 사내들의 시선을 받으며.

그리고 오늘 하루, 사무진은 봉일춘과 이곳에 모인 사내들에게는 세상에서 가장 부러운 남자였다

가화루는 규모가 크지 않았다.

이층짜리 전각 하나가 다였으니까.

"냄새 좋네."

시비처럼 보이는 어린 소녀의 뒤를 따라 이층으로 오른 뒤 사무진은 미리 음식이 준비되어 있는 하나의 방에 들어설 수 있었다.

준비한 지 얼마 되지 않은 듯 김이 모락모락 올라오고 있는 음식을 보자마자 객잔에서 식사를 하고 온 것이 후회될 정도였다.

"일단 술부터 한잔할까?"

상다리가 부러질 정도로 가득 차려진 음식 냄새 사이로 코끝을 찌르고 있는 주향에 사무진이 코를 벌름거렸다.

독하지도, 그렇다고 싱겁지도 않은 향긋한 주향은 분명 고

급 중에서도 고급술만이 만들어낼 수 있는 것이었다.

해서 사무진이 서둘러 술병을 움켜쥘 때였다.

"제가 따라 드리겠습니다."

나긋나긋한 음성이 귓가를 간질였다. 그리고 하얀 면사로 얼굴을 가린 여인이 모습을 드러내는 것을 보고 사무진이 히죽 웃음을 지었다.

드디어 모습을 드러냈다.

자신의 오랜 친구인 봉일춘을 비롯해 가화루 밖에서 진을 치고 있던 사내들이 꿈에서라도 한 번 만나기를 바라던 춘자라는 여인이.

"춘자?"

"네, 소녀가 춘자입니다."

깊숙이 고개를 숙인 후 천천히 다가오고 있는 춘자라는 여인을 보던 사무진이 눈을 반짝였다.

아무렇게나 걸어오고 있는 것 같았는데 아니었다.

빠르지도 느리지도 않게 다가오는 춘자라는 기녀가 한 걸음씩 뗄 때마다 이상하게 마음이 울렁거렸다.

그리고 술병을 움켜쥐는 하얀 손을 멍하니 바라보다 보니 이상하게 마음이 들뜨고 조급해졌다.

살랑살랑.

게다가 걸을 때마다 살랑거리고 있는 엉덩이를 보니 덥석 움켜쥐고 싶은 욕망마저 치솟았다.

"소녀가 따를 테니 한잔 받으시지요."

"응?"

"설마 소녀가 못생겨서 제가 드리는 술을 받지 않으시려는 겁니까?"

"그럴 리가! 받아야지!"

사무진이 서둘러 술잔을 내밀었다.

쪼르륵 소리를 내며 떨어져 내리는 술을 받고 있는 사무진의 시선은 술병을 잡고 있는 춘자의 손을 바라보고 있었다.

고왔다.

힘주어 잡으면 뼈도 없이 말랑말랑하기만 할 정도로 춘자의 백옥 같은 하얀 손은 너무나 고왔다.

그래서 점점 더 궁금해졌다.

면사 속에 감추어진 춘자의 얼굴이 얼마나 아름다울지가.

"너도 한잔 받아."

"대협께서 하사하시는 술이니 감사히 받겠습니다."

말도 어찌나 이렇게 곱게 하는지.

술잔을 채우자마자 사무진이 자신의 술잔을 내밀었다.

가볍게 잔을 부딪치자마자 번개같이 입 안에 털어 넣었다.

그리고 면사를 살며시 들어 올린 채 술을 마시는 춘자의 얼굴을 살폈다.

살포시 벌린 채 술을 마시고 있는 앵두 같은 입술을 보자 또 한 번 마음이 조급해지기 시작했다.

꿀꺽.

그래서 입속을 채우고 있던 술을 자신도 모르게 꿀꺽 삼킨 사무진이 갑자기 가볍게 얼굴을 찌푸렸다.

'뭐지?'

목젖을 타고 넘어가는 술에서는 술 고유의 맛 이외에도 다른 맛이 느껴졌다.

비릿함이었다.

그리고 사무진은 기억하고 있었다.

검마 노인이 며칠 만에 정신을 차린 자신에게 독마 노인이 집어넣은 극독으로 가득한 죽을 먹였을 때도 이런 비릿함이 느껴졌던 것을.

'독이라 이거지.'

무슨 독인지는 몰랐다.

하지만 극독은 아닌 듯했다.

물론 독마 노인 덕분에 만독불침의 경지에 이른 사무진인 만큼 아무리 극독이라 하더라도 상관없었지만.

그리고 그제야 뭔가 이상함을 느꼈다.

그냥 걸어와서 앉아서 술을 한잔 따랐을 뿐인데도 마음이 울렁거리고 조급해지는 것은 분명 정상이 아니었다.

물론 천하제일미녀라고 알려진 요화 서옥령이라도 만났다면 그럴 수도 있었다.

하지만 춘자라는 이 아가씨는 요화 서옥령이 아니었다.

그리고 얼굴에 면사까지 눌러쓰고 있어서 얼굴이 보이지
도 않았다.

'내 살인미소랑 비슷한 건가?'

호기심이 깃든 미소가 사무진의 얼굴에 떠오를 때 춘자가
물었다.

"술은 입에 맞으십니까?"

"조금 비려."

"그럴 리가 없을 텐데. 당장에 술을 바꾸도록 하겠습니다.
우선 이것이라도 드시지요. 입 안이 개운해지실 겁니다."

태어나 처음 보는 안주를 젓가락으로 집어서 공손히 두 손
으로 권했지만 사무진은 안주를 받아먹을 생각은 전혀 없이
불쑥 손을 내밀었다.

그리고 두 손으로 젓가락으로 안주를 집어 권하느라고 무
방비 상태인 춘자의 얼굴을 가리고 있는 면사를 잡아서 끌어
내렸다.

"어머, 대협!"

갑작스레 얼굴을 가리고 있던 면사가 사라지자 춘자가 당
황스런 표정을 지었지만 사무진의 얼굴에는 미안한 기색 따
위는 없었다.

뚫어져라 드러난 얼굴을 보던 사무진이 고개를 끄덕였다.

눈이 돌아갈 정도로 예쁘지는 않았지만 꽤나 미인이었다.

그렇지만 가화루 앞에서 수십 명이나 되는 사내들이 서찰

을 적으며 목이 빠져라 기다릴 정도의 미녀는 아니었다.

"예쁜 얼굴 가리지 마라."

"대협!"

"일춘이가 반할 만하네."

"일춘이라니 대체 누구를 말씀하시는 겁니까?"

"내 친구인데 눈을 바닥에 깔고 다니는 애 하나 있어."

자신이 하는 말이 무슨 뜻인지 파악하지 못하고 눈만 껌벅이고 있는 춘자를 보고 사무진은 확신했다.

아까 그렸던 것은 오궁팔괘진이라는 절진.

자신이 여기에 있을 수 있게 된 이유는 누군가가 그것이 오궁팔괘진이라는 것을 알아챘기 때문이다. 그리고 사무진이 보기에 이 춘자라는 기녀는 절대 오궁팔괘진을 파악할 정도로 똑똑하지 않았다.

그것을 깨달은 사무진이 망설이지 않고 몸을 일으켰다.

"대협, 벌써 일어서시는 겁니까?"

그런 사무진을 보고서 당황스런 표정을 감추지 못하고 춘자가 입을 열 때 사무진이 고개를 흔들며 대답했다.

"내가 춤을 좀 추는데, 한번 볼래?"


히죽.

살인미소가 작렬했다.

그리고 이어지는 환환만화공의 춤사위!

음악 따위는 필요없었다.

맨 정신으로도 수컷 호랑이와 희대의 살인마들, 그리고 증조할머니뻘인 아미성녀 앞에서 덩실덩실 춤을 추었던 사무진이다.

그에 반해 지금은 희대의 미녀까지는 아니더라도 꽤나 예쁘장하게 생긴 춘자라는 아가씨가 앞에 있고 술까지 한잔 들이켠 마당이다.

덩실덩실 어깨춤이 절로 흘러나왔다.

헤벌쭉.

어쩌면 춘자라는 아가씨에게 환환만화공까지는 필요도 없었을지도 몰랐다.

그저 살인미소를 보여주었을 뿐인데도 벌써 함박웃음을 짓고 있는 춘자라는 아가씨는 환환만화공을 펼치자마자 아예 넋이 나가 있었다.

"좋아?"

"대협, 너무 좋아요!"

"너무 쉬운 것 아냐?"

"네?"

"아냐. 그건 그렇고, 궁금한 것이 있는데……."

"뭐든지 물어보세요. 대협께서 궁금해하시는 것이라면 저는 뭐든지 대답해 드릴 수 있어요."

"술에 탄 것은 뭐지?"

"환락독(歡樂毒)이라고 합니다!"

"환락독?"

"사람을 일종의 환각 상태에 빠뜨리는 독입니다. 그리고 환각 상태에 빠지게 되면 이지가 흐트러지고 판단력도 잃게 됩니다."

역시 극독은 아니었다.

하지만 만약 사무진이 만독불침이 아니었다면 지금쯤 사무진도 환락독에 취해서 환각 상태에 빠져서 헤매고 있을 것이 틀림없었다.

"넌 정체가 뭐냐?"

"전 춘자입니다."

"춘자라는 것은 알고 있고. 그냥 보통 기녀가 아닌 것 같아서 말이야. 어디 속해 있거나 하지는 않아?"

"그것은… 말씀드리기 곤란한데……."

"호오!"

헤매고 있었다.

사무진이 추고 있는 춤에 거의 완전히 넋이 나간 상황임에도 불구하고 쉽게 대답하지 않고 망설인다는 것이 의미하는 것은 하나였다.

자신의 신분을 밝혀서는 안 되는 꽤나 강한 금제 같은 것이 걸려 있다는.

"과연 대답 안 하고 배길 수 있을까?"

가볍게 어깨만 들썩이고 있던 사무진의 움직임이 변했다.

팔까지 들어 올리고 춤을 추자마자 춘자가 몸을 배배 꼬기 시작했다.

"이래도 말 안 할 거야?"

"하기는 해야 하는데… 저는……."

드르륵.

더는 버티지 못하고 춘자가 입을 열려는 찰나 방문이 열렸다.

그리고 또 한 명의 여인이 등장했다.

"만화곡의 일대제자입니다."

사무진이 펼치고 있던 환환마화공을 멈추었다.

새로이 모습을 드러낸 여인이 사무진을 응시하며 물었다.

"제가 알고 있는 것이 틀리지 않다면 소협의 춤사위는 환환마화공이군요. 오궁팔괘진에 이어서 환환만화공. 대체 소협은 누구십니까?"

"먼저 이름을 밝히는 것이 예의가 아닐까?"

"그런가요? 숨길 것은 없죠. 제 이름은 화가영입니다."

"화가영? 너도 만화곡에 속해 있는 건가?"

"그렇습니다."

사무진의 어깨춤이 멈추고 나자 정신이 든 것일까? 창백한 얼굴로 고개를 떨어뜨리고 있는 춘자가 보였다.

그 모습이 조금 안쓰럽게 느껴졌지만 사무진은 이내 고개를 흔들었다.

조금 전까지만 해도 넋이 나갈 정도로 좋았을 테니까.

어쨌든 춘자가 만화곡의 일대제자라고 했으니 화가영이라는 이 여자의 신분은 일대제자 이상이라는 뜻이었다.

"저에 대해 밝혔으니 이제 소협의 정체를 알려주세요."

"그야 어렵지 않지. 그런데 이대로 버리기에는 음식이랑 술이 좀 아깝지 않나? 마시면서 이야기하자고."

사무진은 진심이었다.

혈마옥에서 간신히 벗어난 후 처음으로 만나는 진수성찬.

이대로 버리기에는 아까웠다.

술 속에 환락독이라는 것이 섞여 있다고 하더라도 만독불침인 사무진인만큼 크게 신경이 쓰이지도 않았다.

좀 많이 먹는다 하더라도 기분이 좋아지는 것이 다일 터.

대답을 들을 생각도 않고 자리를 잡고 앉는 사무진을 보고서 화가영도 맞은편에 자리를 잡고 앉았다.

그리고 이미 사무진이 펼친 환환만희공으로 인해 완전히 사무진에게 빠져 버린 춘자도 그의 곁에 조심스레 앉았다.

"만화곡은 처음 들어보는데……."

"강호에서 거의 활동하지 않아서 널리 알려지지 않았을 뿐, 이미 수백 년의 전통을 가진 곳입니다."

"그래?"

의외라는 듯 고개를 갸웃하고 있는 사무진을 향해 화가영이 다시 물었다.

"아직 제 질문에 대답을 하지 않으셨습니다."

"아, 대답해야지. 내 이름은 사무진. 행정 착오로 인해서 혈마옥에 갇혔다가 겨우 탈옥한 사람이지."

"지금 혈마옥에서 탈옥했다고 하셨습니까?"

"응. 억울하잖아. 난 그저 야밤에 담 한 번 넘은 것뿐인데 무시무시한 희대의 살인마들이 가득한 혈마옥에 가두어 버렸으니까. 그래서 죽을힘을 다해서 탈옥했지."

화가영의 눈매가 가늘어졌다.

혈마옥이 어떤 곳인지는 그녀도 잘 알고 있었다.

한때 천하를 좌지우지하던 마교의 장로들을 가두어둔 지하 감옥.

또한 탈옥 따위는 꿈도 꾸지 못할 정도로 철옹성이라고 알려진 곳이 바로 혈마옥이기도 했다.

그런데 지금 사무진이 그런 혈마옥에서 탈옥했다고 하니 어찌 쉽게 믿을까?

"설마……?"

"설마 뭐?"

간만에 만나는 술이었다.

그래서 춘자가 채워준 술잔을 단숨에 입에 털어 넣은 사무진이 바라보자 화가영이 다시 물었다.

"반로환동하신 겁니까?"

푸흡.

하마터면 머금고 있던 술을 뿜을 뻔했다.

아미성녀라고 들었던 것과 똑같은 질문을 화가영에게서도 듣고 있었다.

"누구 같은데?"

사무진의 얼굴을 뚫어져라 쳐다보던 화가영이 한참만에야 조심스레 대답했다.

"제가 사부님께 듣기로는 마교의 장로 중 유일하게 유령신마는 눈썹이 없다고 들었습니다."

사무진이 와락 얼굴을 찌푸렸다.

어디 가나 이놈의 눈썹이 문제였다.

하필이면 눈썹도 없고 제일 우중충하게 생긴 유령신마와 닮았다고 하는 화가영을 향해 고운 대답이 돌아갈 리가 없었다.

"그 영감보다는 잘생겼거든."

퉁명스런 대답을 듣자마자 화가영의 표정이 더욱 조심스럽게 변했다.

"그럼 색마 선배님입니까?"

조금 전 춘자에게 사무진이 펼쳤던 환환만화공은 색마 노인의 독문 무공.

그래서 화가영이 조심스럽게 질문을 던졌지만 찡그리고 있던 사무진의 표정은 조금도 펴지지 않았다.

색마 노인은 혈마옥에 갇혀 있던 희대의 살인마 중 유령 신마와 함께 추남 순위 일이 위를 다툴 정도로 못생겼다.

뱁새처럼 눈이 찢어지고, 어릴 때 부러진 때문인지 콧등마저 중간에 주저앉아 있었다.

아마 유령신마가 눈썹만 있었다면 혈마옥 내에서 최고 추남이라는 영광의 자리는 유령신마가 아니라 색마 노인에게 돌아갔을 터이다.

물론 물건 하나만큼은 진짜였지만, 그것 외에는 볼 것이라고는 전혀 찾아볼 수 없는 못생긴 색마 노인이었다.

그러니 사무진의 표정이 밝을 리가 없었다.

"다른 영감?"

점점 더 찡그려지고 있는 사무진의 표정을 살피는 화가영의 얼굴에 살짝 긴장의 빛이 떠올랐다.

곰곰이 고민하다 사무진이 오궁팔괘진을 알고 있는 것을 떠올리고서 화가영이 조심스럽게 질문했다.

"혹시 뇌마 선배님이십니까?"

그리고 화가영의 질문을 듣던 사무진의 장난기가 발동했다.

"그래, 내가 바로 뇌마다!"

순식간에 창백하게 질리는 화가영의 얼굴.

그런 화가영을 재미있다는 듯이 바라보던 사무진이 한마디를 더 했다.

"대체 무슨 일을 꾸미는지 모르겠지만 지금부터 내가 묻는 말에 솔직히 대답하지 않으면 가만두지 않을 것이다. 내 취미가 무엇인지 아느냐?"

"모… 모르겠습니다."

"대롱을 꽂아서 뇌수를 쪽쪽 빨아 먹는 것이다."

가뜩이나 창백하던 화가영의 안색이 아예 백지장처럼 하얗게 변했다.

만화곡에서 꽤나 높은 지위에 있는 듯했지만 아직은 스물이 갓 넘은 어린 여인에 불과했다.

비록 지금은 몰락했다고 하나 한때는 전설이었던 마교.

그 마교의 장로 중 일인인 뇌마와 마주하고 있다고 생각하자 긴장하지 않을 도리가 없을 터였다.

게다가 고상하기 그지없는 뇌마의 취미 활동에 대한 설명까지 듣고서 침착하기는 분명 힘든 일이었다.

"오궁팔괘진을 알아보고 날 이곳으로 들인 것으로 보아 지금까지 한 분야에 특출난 재능이 있는 자들만 이곳에 들였을 것 같은데, 맞나?"

"그렇습니다."

겁먹은 어린 양처럼 고분고분해진 화가영을 보면서 사무진은 가까스로 웃음을 참고서 말을 이었다.

"환락독까지 사용하면서 무엇을 얻으려고 했지?"

"특별한 것은 없습니다. 다만 그들이 가진 능력들을 살피고 얻을 수 있으면 얻으려 했습니다. 궁극적으로는 정보를 얻기 위함이지요."

"정보?"

"그렇습니다. 저희 만화곡은 얼마 지나지 않아 본격적으로 강호에 출두할 예정이고, 그전에 가능한 한 많은 정보를 얻고 있었습니다."

사무진이 고개를 끄덕였다.

일리가 있는 말이었다.

무턱대고 강호에 출두하는 것보다야 강호에 대해서 최대한 많은 것을 알고 난 후 출두하는 것이 좋을 터이다.

"저기… 뇌마 선배님의 계획을 물어도 되겠습니까?"

그렇게 고개를 끄덕이고 있는 사무진을 향해 화가영이 조심스럽게 질문을 던지는 것을 보며 사무진은 싱긋 웃었다.

잔뜩 겁을 집어먹기는 했지만 그래도 할 말은 하는 것으로 보아 배짱은 있었다.

그리고 그 점이 사무진의 마음에 들었다.

"마교 재건!"

침묵이 흘렀다.

창백하게 변하는 화가영과 춘자의 표정을 안주 삼아 또 한 잔의 술을 입에 털어 넣은 사무진의 입꼬리가 말려 올라갔다.

생각보다 재미있었다.

성격 더러운 뇌마 노인의 흉내를 내는 것도.

"만화곡이라고 했나?"

"그렇습니다."

"너무 겁먹지 마. 그런 자그마한 문파까지 신경 쓸 정도로 내가 한가하지는 않으니까."

"감사합니다."

"그리고 이건 혹시나 해서 하는 말인데, 우리가 배첩을 돌려 강호에 마교 재건을 하기 전까지는 입 다물어야 한다는 것은 알지?"

"그야 이를 말씀이시겠습니까?"

"말이 좀 통하네."

화가영의 안색이 그나마 조금 밝아졌다.

그렇지만 여전히 불안감이 가시지 않은 표정으로 넌지시 한마디를 더 던졌다.

"미약한 힘뿐이지만 저희가 도울 만한 일은 없습니까?"

속내가 모두 들여다보이는 한마디였다.

마교와는 척을 지고 싶지 않다는 뜻.

그렇지만 어떤가?

사무진은 필요한 것이 있었고, 만화곡은 주고 싶어 안달이 났는데.

"돈이 좀 필요한데."

"얼마나 필요하십니까?"

"많이는 필요없고, 한 은자……."

힐끗.

사무진이 슬쩍 화가영의 얼굴을 살폈다.

잔뜩 긴장한 표정으로 이어질 자신의 이야기를 기다리는 화가영을 보자 또 한 번 장난기가 발동했다.

"백 냥 정도."

원래는 스무 냥만 부르려고 했는데 장난기가 동해 백 냥을 불렀다.

항주에 있는 심 노인을 찾아가는 데 스무 냥만 있어도 충분히 편안하게 갈 수 있었지만 화가영을 놀래주기 위한 것이었다.

그런데 이상했다.

"당장 드리겠습니다. 마교의 재건에 자그마한 보탬이라도 되었으면 좋겠습니다."

창백하게 질릴 것이라고 생각했던 화가영의 얼굴에는 오히려 안도의 기색이 떠올라 있었다.

그래서 조금 후회했다.

좀 더 많이 불렀어도 되었을 텐데 하는 아쉬움이 들었지만 사무진은 이내 마음을 접었다.

"도움이 되고말고."

좋은 게 좋은 것이었다.

화가영이라는 여인. 끝까지 생색을 내고 있었다.

하지만 기분이 나쁘지는 않았다.

화가영은 생색을 냈고 사무진은 공돈이 생겼으니.

이것으로 심 노인이 있는 곳까지 가는 데 필요한 여비는 넉

넉하게 마련한 셈이었다.

'뇌마 노인, 생각보다 영향력이 있는데? 가만, 장로보다는 교주가 더 높은 것 아냐? 이참에 마교 교주라는 것도 한번 해볼까?'

퍼뜩 스치고 가는 생각.

하지만 이건 고민을 좀 해볼 문제였다.

사무진이 몸을 일으켰다.

공짜 술도 마실 만큼 먹었고 공돈도 생겼으니 더 이상 여기에 머물 이유가 없었다.

'아, 하나 더 있었지?'

미련없이 떠나려던 사무진이 발걸음을 멈추었다.

"저기… 부탁이 하나 더 있는데……."

"어려운 일입니까?"

또 한 번 긴장하는 기색이 역력한 화가영의 얼굴을 보니 미안한 마음이 들었다.

그래서 사무진은 환한 미소를 띠고 대답했다.

"별것 아니니까 긴장하지 마."

"네."

"다른 것이 아니라 내일 서찰을 심사할 때 봉일춘이라는 자가 쓴 것을 뽑아줘."

"봉일춘이라면?"

"내가 아는 가장 멋있는 사내지. 무공도 익히지 않았고 학

식도 그리 뛰어난 사내는 아니지만 사랑 앞에선 누구보다 솔직한 남자니까."

"알겠습니다."

터져 나오려는 웃음을 간신히 참은 채 한마디를 남긴 사무진은 가화루를 벗어났다. 그리고 그런 사무진은 여전히 부러운 표정으로 멀찍이서 가화루를 하염없이 바라보고 있는 봉일춘을 향해 들리지도 않을 한마디를 던졌다.

"춘자랑 행복해라!"

第八章
대천표국

荷蘉乳蒸煎棄湯細賜玉福佑華子

至大政元四月佛浴道言廣為傳行

日弟子趙孟順敬書長屋前

老君演此真妙徑竟

共同
傳人
공동전인

"거참, 볕 한번 따뜻하고 좋네."

담벼락에 등을 기댄 채 편안한 자세로 꾸벅꾸벅 졸던 사무진이 인생을 다 산 늙은 노인네나 할 소리를 내뱉고서 나른하게 하품을 하며 기지개를 켰다.

햇살이 좋아서인지 점점 더 게을러지는 것 같았다.

혈마옥 안에 있을 희대의 살인마들은 어떻게 생각할지 몰라도 사무진은 급할 것이 하나도 없었다.

게다가 여비도 넉넉했다.

그러니 급할 것이 무엇이 있을까?

이것저것 구경하며 지나치는 곳마다 유명한 음식들을 빼

놓지 않고 먹으며 느릿느릿 움직이다 보니 무려 두 달이 지나서야 사무진은 겨우 항주에 도착했다.

그리고 항주는 좋은 곳이었다.

소주와 더불어 지상낙원이라 불리는 도시.

그리고 그 표현은 전혀 과장된 것이 아니었다.

물론 돈이 있는 자들에 한해서였지만.

천천히 어둠이 가라앉기 시작하는 항주의 도심.

하지만 대낮과 거의 차이를 느낄 수 없을 정도로 화려한 불빛들이 등장하며 사무진의 눈을 어지럽히기 시작했다.

객잔, 주루, 홍루와 기루까지.

이 밤은 당신의 것이니 어서 와서 허리끈을 풀어놓고 마음껏 마시고 즐기라고 속삭이는 듯한 불빛이었다.

하지만 사무진은 잘 알고 있었다.

이 밤은 당신의 것이기도 하지만 우리의 것이기도 하니 어서 와서 마누라 몰래 챙겨온 쌈짓돈을 풀라는 속삭임이라는 것을.

곳곳에서 경쟁이라도 하듯이 켜지고 있는 불빛을 바라보던 사무진은 자신의 시선이 어느새 돌아다니고 있는 사람들에게로 향해 있다는 것을 깨닫고는 깜짝 놀라 고개를 흔들었다.

화가영이라는 여인에게 받은 돈은 이미 다 쓴 지 오래였다.

그래서인지 어느새 '한 번만 더 할까?' 라는 몹쓸 생각이 머릿속에 깃들고 있었다.

무서울 정도로 집요한 직업병!

"참자. 참아. 차라리 심 노인이라는 영감을 찾자."

그렇게 억지로 유혹을 몰아낸 사무진은 몸을 일으켰다.

그리고 길에서 국수를 말아서 팔고 있는 아주머니 앞으로 다가갔다.

"저기……."

"국수 먹게? 동전 세 문이야. 거기 앉아."

"그게 아니라 뭐 좀 물으려고요. 이 근처에 심가상단이라는 곳이 있다고 하던데 어딘지 아세요?"

별 기대도 않고 묻자마자 국수를 말던 아주머니가 의외라는 표정으로 사무진을 바라보며 입을 뗐다.

"자넨 외지인이로구만."

"어떻게 아셨죠?"

"항주 사람이라면 심가상단을 모두 알거든."

"그 정도로 유명한가요?"

"그럼. 유명하다마다."

당연하다는 듯이 고개를 끄덕이는 국수 파는 아주머니를 보고 사무진은 한껏 기대에 부풀기 시작했다.

"위치가?"

"멀지도 않아. 요 앞 골목에서 오른쪽으로 꺾어서 일각 정도만 걸어가면 그 근처에 있을 거야."

"감사합니다!"

아무래도 심 노인은 무척이나 명줄이 긴 듯했다.

삼십 년이나 흐른 지금까지 살아서 심가상단을 운영하고 있는 걸로 봐서.

물론 이사도 가지 않았고.

더구나 수완도 좋은 듯 보였다.

항주 사람이라면 누구나 알 정도로 커다란 상단을 이끌어 가고 있는 걸로 봐서. 어쨌든 의외였다.

항주에 오기 전의 예상과 달리 심 노인을 너무나 쉽게 찾았다.

그게 이상하게 조금 마음에 걸리기는 했지만 사무진은 아주머니가 일러준 대로 서둘러 심가상단 쪽으로 걸음을 옮기기 시작했다.

그리고 그렇게 사무진이 멀어지고 나서야 국수를 말던 아주머니가 고개를 들지도 않은 채 한마디를 더 던졌다.

"그런데 지금 거기 망하기 일보 직전이거든. 동네 거지도 거기에는 구걸하러 안 가."


"대체 어디야?"

배도 고프고 급한 마음에 한달음에 달려왔지만 사무진의 눈에 심가상단의 모습은 띄지 않았다.

"여기는 객잔이고, 저기는 기루인데."

고개를 갸웃거리며 근방을 한참이나 돌아다녔지만 사무진이 찾고 있는 심가상단의 모습은 코빼기도 보이지 않았다.

"엄청 클 텐데……."

국수를 말던 아주머니의 말대로 그렇게 유명하다면 분명 크다고 생각하고 큰 건물 위주로 살피던 사무진은 한참만에야 우뚝 멈춰 섰다.

심가상단!

그 흔한 현판 하나도 없었다.

대문 옆에 붙여놓은 흔하디흔한 문구인 '입춘대길'이라고 적혀 있는 종이 아래에 찾기도 힘들 정도로 자그마한 글씨로 '심가상단'이라고 쓰여 있는 종이가 얼핏 보였다.

"에이, 설마?"

자신이 잘못 본 것이라고 생각하며 가까이 다가가 살핀 사무진은 곧 자신이 잘못 본 것이 아니라는 것을 깨달았다.

붙여놓은 지 얼마나 오래됐는지 누렇게 변색된 종이는 군데군데 찢어져서 읽기조차 어려울 정도였다.

게다가 입춘대길이라니…….

봄이 지나간 지가 벌써 언제인데 계절과는 전혀 어울리지 않는 멋대가리없는 문구를 여전히 붙여놓고 있는가 하는 생각이 들자 절로 한숨이 흘러나왔다.

이건 아무래도 뭔가 이상했다.

사무진이 예상했던 심가상단의 모습과는 달라도 너무 달랐다.

"그래도 들어는 가봐야겠지."

콩! 콩!

잠시 망설이던 사무진은 꽉 닫혀 있는 심가상단의 대문을 두드리기 시작했다.

"뭐야? 설마 망한 것은 아니겠지?"

콩! 콩! 콩!

두드려도 아무런 대답이 없자 불안한 마음이 더해졌다.

그래서 사무진이 더욱 거칠게 대문을 두드리자 그제야 대문 안에서 짜증 섞인 음성이 흘러나왔다.

"누구야?"

대문을 열자마자 누구인지 확인도 하지 않고 반말로 소리친 사내가 사무진을 위아래로 훑었다.

딱 봐도 재수없다는 느낌이 드는 염소수염을 실룩이던 사내는 오랜 여행으로 인해 초라한 사무진의 몰골을 보고 더욱 노골적으로 짜증이 난 표정을 드러냈다.

"넌 뭐야?"

그리고 대뜸 던지는 사내의 반말에 사무진은 순간 당황했다.

마땅히 대답할 말을 찾기가 곤란했다.

사무진이라고 이름을 말하기도 뭐했고, 마교의 장로이자 희대의 살인마인 뇌마 노인의 부탁을 받고 찾아왔다고 말하기도 그랬다.

그래서 망설이던 사무진은 일단 입을 뗐다.

"나는……."

"식은 밥은커녕 쉰밥도 없어! 한 번만 더 귀찮게 문을 두드
리면 다리몽둥이를 부러뜨려 버릴 테니 다시는 찾아오지 마!"

하지만 돌아온 것은 거지 취급이었다.

자기 할 말만 마치고 다시 문을 닫아버리려는 사내를 보던
사무진이 급히 손을 뻗어 만류했다.

"사람을 찾아왔는데요."

"지금 수작 부리는 거야?"

"진짜 사람을 찾아왔다니까요."

"누구를 찾아왔는데?"

"심 노인!"

"진짜 별 거지같은 놈이!"

사무진이 대답하자마자 사내는 다시 문을 닫으려 했다.

깜짝 놀라서 문이 닫히지 않도록 버티면서 사무진이 소리
쳤다.

"왜요?"

"항주에 심 노인이 얼마나 많은데. 너, 여기가 심가상단이
라고 하니까 그냥 무턱대고 불러본 거잖아!"

"아닌데. 이름도 알아요. 이름이… 그래, 두홍. 심두홍!"

가물가물한 기억을 뒤져서 뇌마 노인에게서 들은 이름을
소리치자 그제야 사내의 표정이 변했다.

"일단 들어와!"

그리고 순순히 문을 열어주는 사내를 보고 사무진은 그때

서야 만족한 표정으로 심가상단 안으로 걸어 들어갔다.

"네가 어떻게 전대 상단주님을 알지?"

"음, 어떻게 설명해야 할까? 그냥 좀 아는 사람이라고 해두죠."

"뭔가 수상한데……."

"저 나쁜 사람 아닌데요."

"그걸 어떻게 믿지?"

"아저씨가 아직 살아 있다는 것이 증거예요."

히죽 웃으며 꺼낸 사무진의 말을 듣고 염소수염의 사내가 움찔했다.

그리고 불안한 기색으로 다시 한 번 사무진의 위아래를 훑어보는 사내를 향해 사무진이 짜증 섞인 질문을 던졌다.

"그나저나 지금 만날 수 있나요?"

"아니."

"왜요?"

"노환으로 병석에 누워 계시니까."

"그래요? 하긴 그 나이면 노환이 올 만도 하지. 쯧쯧."

"대신 상단주님을 만나도록 해주마."

이럴 줄 알았다는 듯이 혀를 차는 사무진을 이끌고 염소수염의 사내가 어울리지 않는 친절함을 보이기 시작했다.


"자넨가, 아버님을 찾아왔다는 자가?"

탁자에 앉은 채 신나게 주판알을 튕기고 있던 사내가 고개를 들지도 않고 사무진에게 물었다.

"그런데요."

그 질문에 건성으로 대답하며 방 안을 훑어보던 사무진의 눈에 실망한 기색이 어렸다.

집사처럼 보이던 염소수염사내의 뒤를 따라 움직일 때도 하인이나 일꾼이 한 명도 보이지 않았다.

그래도 그때는 이미 저녁이라서 일과를 끝내고 모두 방에 돌아가서 쉬고 있을 것이라 생각했는데 이 방에 들어오고서야 확실히 알았다.

망하기 일보 직전의 상단이라는 것을.

우선 심가상단의 상단주가 앉아 있는 탁자.

물론 측백나무로 만들어진 최고급 탁자까지는 기대하지 않았지만 적어도 어엿한 상단주의 집무실인데 뭔가 고풍스러운 분위기가 물씬 풍기는 멋들어진 탁자 하나쯤은 생각하고 있었다.

하지만 상단주인 심천민이라는 자가 앉아서 처량하게 주판알을 튕기고 있는 탁자는 군데군데 칠이 벗겨져 있었고, 탁자 가운데에는 반으로 쪼개지지 않은 것이 다행이라는 생각이 들 정도로 굵은 금까지 자리 잡고 있었다.

그리고 그것이 다가 아니었다.

심천민이 입고 있는 옷은 화려한 비단옷이 아니라 덧기운 흔적이 몇 군데나 있는 무명옷이었다.

실망한 기색이 역력한 표정으로 사무진이 사방을 훑어보고 있을 때 심천민이 고개를 숙인 채 다시 질문을 던졌다.

"혹시 아버님한테 받을 빚이 있는 것은 아니겠지?"

"그런 것은 아닌데요."

"그래, 그거 듣던 중 반가운 소리로군."

사무진의 대답이 마음에 들었던 듯 그제야 심천민이 고개를 들었다.

그리고 사무진은 심천민의 얼굴을 보고 깜짝 놀랐다.

뇌마 노인이 그려준 심 노인, 그러니까 심두홍의 초상화와 거의 판박이라고 해도 이상하지 않을 정도로 흡사했다.

"심 노인 아들이 맞기는 하네요."

"마음 같아서는 부인하고 싶지만 부인할 수가 없군. 그래서 고생을 좀 많이 하기도 했고. 그래, 아버님을 찾아온 이유가 뭐지?"

"직접 만나서 말하면 안 될까요?"

"그건 좀 곤란한데. 지금 투병 중이시라서."

"얼마나 아픈지 모르겠지만 이거 보시면 벌떡 일어나실 걸요."

사무진이 오른손을 들었다.

그리고 그런 사무진의 검지에는 반지가 하나 끼어져 있었다.

끼이익.

"그건?"

의자에 앉아 있던 심천민이 탁자를 밀어내며 몸을 벌떡 일으켰다.

그런 그의 두 눈에 떠올라 있는 감정은 탐욕의 빛이었다.

'그래도 상단을 한다 이거지? 묘안석을 알아보는 것을 보니. 지금 눈이 튀어나올 지경이겠지. 하긴 나도 뇌마 노인에게 이것 받고 난 다음 조용히 잠적할까에 대해 심각하게 고민했었으니.'

사무진의 검지에 끼워져 있는 반지에는 도토리만큼 커다란 흑요석이 떡하니 박혀 있었다.

흑요석은 무척이나 귀한 보석이었다.

그렇기에 도토리만큼 커다란 흑요석의 가치는 은자로 환산하기 힘들 정도였다.

"어떻게 이 정도면 벌떡 일어나실 수 있지 않을까요?"

"그래, 어쩌면 그럴지도 모르겠군."

부인하지 않고 고개를 끄덕이고 있는 심천민을 보고 사무진은 픽 하고 웃음을 지은 채 그의 뒤를 따르기 시작했다.


사무진과 심천민이 했던 예상은 빗나갔다.

병석에 드러누워 있는 심두홍의 상세는 사무진의 생각보다 훨씬 심각했다.

자랑이라도 하듯이 사무진이 반지를 낀 오른손을 감고 있는 심 노인의 눈앞에서 요란하게 흔들었지만 결국 일어나지 못했다.

대신 몸을 부르르 떨었다.

혹시나 누운 자세로 소변을 본 것이 아닌가 하고 사무진이 걱정했지만 다행히 그것은 아니었다.

심두홍이 몸을 부르르 떤 것은 차오르는 격정 때문이었다.

금방이라도 숨이 넘어갈 사람처럼 들리지도 않을 정도로 가늘게 이어지고 있던 심두홍의 숨소리가 거칠어졌다.

그리고 그런 그가 마침내 힘겹게 입을 열어 쉿소리를 냈다.

"일으… 켜 다오!"

제대로 들리지도 않을 정도로 자그마한 목소리였지만 심천민은 용케 그 말을 알아듣고 심두홍의 몸을 조심스레 부축했다.

말라서 다 죽어가는 고목나무의 가지처럼 앙상하기 그지없는 오른손으로 바닥을 짚은 채 반쯤 몸을 일으킨 심두홍이 사무진을 향해 몸을 돌렸다.

눈동자가 제대로 보이지 않을 정도로 황태가 잔뜩 낀 심두홍의 두 눈에는 여전히 감격스런 빛이 떠올라 있었다.

"왜… 왜…….."

그리고 하고 싶은 말이 많은 듯 보였지만 병색이 완연한 심두홍은 자신의 의지와는 달리 제대로 말을 잇지 못했다.

그 모습이 안타까워 사무진이 좀 더 자세히 듣기 위해 가까이 다가갔다.

"뇌마 노인이 심 노인을 찾으라고 하더군요."

"왜 이렇게… 늦으셨습니까?"

가늘게 떨리는 목소리로 심두홍은 기어이 하고자 했던 말을 꺼내기 시작했다.

"그게……."

"이렇게 죽는… 줄 알았… 습니다."

"……."

"장로… 장로님께서… 제게 거짓… 말을 한 것이라 생각하고… 얼마나 원망했는지… 모릅니다."

끊어질 듯 끊어질 듯하면서도 심두홍의 이야기는 이어졌다.

그리고 사무진은 지금 심두홍이 이야기하는 그분이 누구인지 눈치챌 수 있었다.

무자비하고 흉악하기 그지없는 취미를 가진 희대의 살인마인 뇌마 노인이었다

"원래 그렇게 좋은 사람은 아닌데……."

심두홍의 잘못된 생각을 바로잡아 주기 위해서 사무진이 꺼낸 이야기는 다시 입을 연 심두홍에 의해 막혔다.

"교주… 님!"

"응?"

"천마불사!"

금방이라도 숨이 넘어가서 죽을 것처럼 보이던 심두홍이었지만 '천마불사!' 를 외칠 때만은 달랐다.

마치 혈기가 넘치는 청년처럼 그의 목소리는 우렁찼다.

하지만 사무진은 지금 그것이 중요한 것이 아니라는 것을 놓치지 않았다.

"지금 뭔가 착각을 하고 있는 것 같은데요. 저는 그 흉악하고 잔인하기로 소문난 마교의 교주가 아니라……."

"처음 얼굴을 마주하는 순간 느꼈습니다. 이토록 패도적이면서도 잔혹한 기운을 뿌릴 수 있는 분은 교주님뿐이라는 것을."

"뭔 소리 하는 거예요? 지금 내 얼굴이 잔혹하게 생겼다는 것 같은데?"

"미리 마중하러 나가지 못한 저를 죽여주시옵소서."

쿵! 쿵! 쿵!

시간이 지날수록 심두홍은 힘이 솟구치는 것 같았다.

아까까지만 해도 자기 몸도 제대로 가누지 못하던 노인이 이제는 자기 머리를 방바닥에 찧고 있었다.

"아, 이거 참 답답하네. 뭐, 어쨌든 그 정도로 죽을죄를 지은 거라면 이 세상에 살아 있는 사람이 없겠네. 일단 좀 그만 해요."

사무진의 말에도 심두홍은 멈추지 않았다.

답답한 마음에 사무진이 심천민을 향해 고개를 돌렸다.

가뜩이나 몸이 안 좋은 당신 아버지, 이러다가 죽겠다는 시선을 던졌지만 심천민도 이상하기는 마찬가지였다.

"저기……."

아까와는 달리 눈치를 보면서 이야기를 꺼내는 심천민을 향해 사무진이 짜증 섞인 표정을 지었다.

"왜요?"

"진짜 마교의 교주님이 맞으십니까?"

"단체로 귓구멍이 막혔나?"

신경질이 났다.

그래서 사무진이 짜증 섞인 대답에 심천민은 더욱 주눅이 들었다.

"천마불사!"

그리고 엉거주춤하게 심 노인을 따라서 '천마불사'를 외치는 심천민을 향해 사무진이 한숨을 내쉬며 입을 뗐다.

"천마불사고 백마불사고 간에 배고프지 않아요?"


노환이 아니라 과다 출혈로 사망하는 것이 아닐까 하는 걱정을 불러일으킬 정도로 심 노인의 이마에서는 붉은 피가 많이 흘러내렸다.

그래도 끝까지 교주님의 식사 수발을 들어야 한다고 고집을 피우는 심 노인을 만류하지 못하고 심천민과 함께 식탁에 앉은 사무진의 표정이 밝아졌다.

대단한 진수성찬은 아니었지만 그래도 꽤나 정갈한 식탁이었다.

노린내가 풍기던 호랑이 고기와 멀건 죽과 어찌 비교할까?

품속에 간직하고 있던 숟가락을 꺼내 소매에 쓱쓱 닦은 후 사무진은 숟가락을 신나게 움직이기 시작했다.

한참만에야 식사를 끝내고 만족한 표정으로 사무진이 부풀어 오른 배를 두드렸다.

그리고 그동안 수저를 들 생각도 않고 사무진이 먹는 모습만 바라보고 있던 심 노인이 조심스레 물었다.

"교주님, 음식이 입에 맞으셨습니까?"

"맛있네요."

"다행입니다."

그제야 안심한 표정을 지은 심 노인이 찻잔에 차를 따랐다.

그리고 찻잔을 들어 올리며 사무진이 물었다.

"돈 좀 있어요?"

"네?"

"뇌마 노인이 그러던데. 마교를 재건하려면 돈이 든다고. 그리고 그 돈은 심 노인을 찾아가면 마련해 줄 거라고."

심 노인의 얼굴이 눈에 띄게 밝아졌다.

그리고 감격에 겨운 목소리로 입을 뗐다.

"드디어 마교를 재건하시는 겁니까?"

"뭐, 하기는 해야 할 것 같은데요."

"흉악하고 위선 덩어리인 사도맹 놈들에게 복수할 수 있는 기회가 드디어 찾아오는군요. 저는 마치 꿈을 꾸는 것만 같습니다."

'흉악하고 위선 덩어리라면 사도맹이 아니라 마교 아냐?'

쿵! 쿵! 쿵!

심 노인의 말에 사무진이 고개를 갸웃할 때, 심 노인이 다시 무릎을 꿇은 채 바닥에 이마를 찧기 시작했다.

"천마불사!"

'이 영감은 입만 열면 천마불사야?'

사무진이 못마땅한 표정을 지었다.

멀쩡한 바닥이랑 원수진 것도 아니고.

겨우 피가 멈추었던 이마가 다시 바닥에 부딪치면서 재차 벌건 피가 흘러내리기 시작하고 있었다.

"안 아파요?"

"조금 아픕니다."

피가 철철 흐르고 있는 심 노인의 이마를 바라보며 던진 질문에 심 노인이 잠시 우물쭈물하다 대답했다.

"그런데 왜 자꾸 이마를 애꿎은 바닥에 찧고 그래요? 혹시 취미인가? 하긴 남의 뇌에 대롱을 꽂아서 뇌수를 쪽쪽 빨아먹는 희한한 취미를 가진 노인도 있으니."

"교주님을 위한 제 충성심을 보여 드릴 수만 있다면 이 정도의 고통쯤은 아무것도 아닙니다."

사무진이 쯧쯧 혀를 찼다.

거짓말도 어떻게 저렇게 뻔히 보이는 거짓말을 할까.

아파서 눈물까지 글썽이고 있으면서.

"교주 아니라니까. 그건 그렇고, 돈 있냐니까요?"

"물론입니다."

자신있게 대답한 심 노인이 자신의 아들인 심천민에게로 시선을 던졌다.

그러나 심천민은 심 노인의 시선을 외면했다.

"마교를 재건하기 위해서 충분한 돈을 마련해 두었습니다. 제가 아프고 난 후부터 제 아들 녀석에게 관리를 맡겼는데."

"지금은… 한 푼도 없습니다."

그때 기어들어 가는 목소리로 심천민이 입을 뗐다.

그리고 그 이야기를 듣자마자 심 노인이 커다란 충격을 받은 듯 신형을 휘청했다.

"이놈! 그게 대체 무슨 소리냐?"

아까까지 병석에 드러누워서 오늘내일하던 노인이라고는 믿을 수 없을 정도로 벽력같은 목소리가 터져 나왔다.

"깜짝 놀랐네."

사무진이 귀를 긁적였다.

하마터면 놀라서 딸꾹질이 나올 뻔했을 정도로 심 노인의 목소리는 우렁찼다.

"죄송합니다."

그제야 심 노인은 실수한 것을 깨닫고 다시 목소리를 낮추었지만 여전히 화가 잔뜩 실려 있었다.

"그 많은 돈을 대체 어떻게 하고 지금 한 푼도 없다는 것이냐?"

"그게……."

"설마 노름이라도 한 것이냐?"

"노름이라니요. 제가 그런 짓을 할 리가 있습니까?"

"그럼?"

"흥분하지 마시고 제 말을 들어보세요. 뭐라고 해야 할까? 그래, 이건 투자입니다."

"투자?"

"그러니까 조금 더 자세히 설명하면, 아버님이 넘겨주신 돈을 조금 더 불리기 위해서 투자를 해놓은 상태입니다."

당황하기는 했지만 심천민은 기어이 하고자 하는 말을 마쳤다.

그리고 그 말을 듣고서 심 노인도 불같은 기세를 조금 누그러뜨렸다.

"대체 어느 사업에 투자했느냐?"

"사채업에 투자했습니다."

"사채업?"

"대천표국에 돈을 빌려줬습니다."

그리고 그제야 심 노인은 고개를 끄덕였다.

대천표국은 심 노인이 알기에 이곳 항주 일대에서 가장 큰 표국이었다.

그들이라면 적어도 빌려주었던 돈을 떼먹을 염려는 없다는 생각이 들어 안심한 것이다.

하지만 심 노인은 몰랐다.

심 노인이 병석에 누운 지 어느덧 일 년.

그리고 일 년이란 짧은 시간이 아니었다.

강산은 십 년이나 흘러야 변하지만 표국 하나가 변하는 데는 일 년이란 시간이면 차고 넘쳤다.

"마교를 재건하기 위해서는 그 돈이 무엇보다 시급하다는 것은 너도 알고 있겠지? 빌려준 돈은 언제 회수할 수 있느냐?"

"그게……."

"그게?"

"저도 잘 모르겠습니다. 어쩌면 돌려받지 못할지도 모르고, 잘하면 돌려받을 수 있을 것 같기도 하고."

심천민이 우물쭈물하며 꺼낸 자신없는 대답에 심 노인의 두 눈에 다시 불길이 치솟았다.

"대체 무슨 대답이 그따위란 말이냐? 대천표국에 돈을 빌려줬으면 차용증이 있을 것 아니냐?"

"그야 물론 있습니다. 대천표국의 국주 지장이 떡하니 박혀 있는 차용증을 받아두었습니다."

"그런데?"

"못 준다는데요."

답답하기 그지없는 두 부자의 대화.

그 대화를 듣던 사무진은 슬슬 골치가 아파오기 시작했다. 그리고 왠지 모르게 불길한 느낌이 들었다.

마교를 재건하는 것이 자신이 생각했던 것처럼 간단하지 않을 것 같다는.

"그러니까 요약해 보자고요. 대천표국의 국주에게 육 개월 뒤에 받기로 하고 돈을 빌려줬는데 갚지를 않았다. 그래서 찾아가 보았더니 그새 표국주가 안면을 싹 바꾸고는 자신은 모르는 일이라고 딱 잡아떼고 있다는 얘기지요?"

"그렇습니다. 죽을죄를 지었습니다."

쿵! 쿵! 쿵!

심 노인이 또 애꿎은 바닥에 이마를 찧기 시작했다.

자기가 잘못해서 이렇게 된 것도 아니고 병석에 누워 있는 동안 아들이 잘못해서 이런 일이 생긴 것인데도 굳이 자기가 바닥에 이마를 찧고 있었다.

자기 이마가 무쇠처럼 단단한 것도 아닌데.

"바닥에 이마를 찧는 취미 생활을 즐기는 것보다 지금은 대화를 좀 나누어야 할 것 같은데……."

사무진이 인상을 찌푸렸다.

딱 봐도 답이 나오는 상황이었다.

대천표국에서는 심가상단의 돈을 떼어먹으려고 하는 것이 확실했다.

"마교 재건을 포기해야 하나?"

그리고 사무진은 어떻게든 돈을 받아내야겠다는 생각보다 마교 재건을 포기해야 하는가부터 고민했다.

어렵지 않을 것이라 생각했다.

어떻게든 항주로 와서 심 노인만 만나게 되면 마교 재건을 위한 모든 준비가 갖추어져 있을 것이라 생각했다.

그래서 혈마옥 안에서 희대의 살인마들에게 배운 것들만 가르쳐 주고 나면 자신이 할 일은 모두 끝날 것이라 생각했는데 아니었다.

"그래, 얼마나 빌려줬어요?"

"오천 냥입니다!"

"은자 오천 냥이면 무척 많네요."

"은자가 아니라 황금입니다."

"그러니까 황금 오천 냥! 잠깐, 황금 오천 냥이라고? 당신, 미친 것 아니야?"

사무진의 눈이 돌아갔다.

은자 오천 냥도 많기는 했지만 그 정도면 그러려니 하고 너무 상심하지 말라고 위로나 해주고 떠날 생각이었다.

그런데 지금 심천민은 은자가 아니라 황금 오천 냥이라고 했다.

사무진이 버럭 소리를 지르자마자 심천민이 고개를 떨어뜨렸다.

"저도 대천표국이 그렇게 나올 것이라고는……."

"상단을 이끌어가는 상단주라는 자가 분산 투자도 몰라?"

이건 투자의 기본이었다.

남의 주머니나 터는 좀도둑이었던 사무진도 알고 있는.

물론 분산 투자를 할 만큼 많은 재물을 모은 적은 한 번도 없어서 실천에 옮기지는 못했지만.

어쨌든 이건 그냥 넘어갈 일이 아니었다.

"이런 대형 사고를 쳐놓고서 아까 목구멍으로 음식이 넘어갔어?"

"밥은 먹어야 살 수 있어서……."

어쩔 줄 모르고 안절부절못하고 있는 심천민의 모습이 안타까웠던 듯 심 노인이 조심스레 입을 뗐다.

"너무 흥분하지 마시지요."

"어떻게 흥분하지 않을 수 있어요? 은자도 아니고 황금 오천 냥인데. 지금 상황이 이런데 아프다고 누워 있을 생각이 들었어요?"

"죽을죄를 지었습니다."

쿵! 쿵! 쿵!

심 노인이 또다시 이마를 돌바닥에 찧기 시작했다.

그리고 이번에는 아예 심천민까지 같이 동참했다.

들리는 것은 양쪽에서 교대로 이마로 바닥을 찧는 소리뿐이었다.

"마교가 망한 이유가 다 있었어."

일이 벌어졌으면 어떻게든 해결할 생각은 하지 않고 이마로 애꿎은 바닥만 찧고 있는 모습을 보니 사무진은 머리가 지

끈거렸다.

"쓸데없는 짓 하지 말고 갑시다!"

"……?"

"……?"

이마에 혹이 난 채로 멀뚱히 바라보고 있는 심 씨 부자를 바라보던 사무진이 벌떡 몸을 일으켰다.

"어디로 가십니까?"

"어디긴 어디예요. 대천표국에 가서 돈 받아와야지."

황금 오천 냥!

아무래도 그냥 잃어버리기에는 너무나 큰돈이었다.

사무진의 말이 떨어지기가 무섭게 심 노인의 두 눈에 감격적인 표정이 어렸다.

"천마불사!"

그리고 당연하다는 듯이 이어지는 심 노인의 외침에 사무진은 한숨을 내쉬었다.

"천마불사는 얼어 죽을."


대천표국!

날이 밝자마자 심 씨 부자를 대동하고 대천표국으로 향한 사무진은 놀란 표정을 감출 수 없었다.

컸다.

그것도 엄청나게 컸다.

수많은 사업이 발달한 항주인 만큼 사람은 모일 수밖에 없었고, 그런 항주 일대에서 가장 큰 표국인 만큼 큰 것이 어쩌면 당연했지만 문제는 사무진이 그것에 대해서 전혀 사전 지식이 없었다는 것이다.

아직 이른 아침임에도 불구하고 활짝 열린 정문으로는 수많은 사람들이 잠시도 쉬지 않고 왕래하고 있었고, 각양각색의 표물을 가득 실은 짐수레들이 표국 내에 가득 쌓여 있었다.

게다가 표국의 내부 곳곳에는 표사로 보이는 안광이 부리부리한 자들이 수십 명이나 돌아다니고 있었다.

"들어가시지요."

얼어붙은 듯 표국 정문 앞에 서 있던 사무진은 재촉하는 심 노인의 목소리를 듣고서야 정신이 돌아왔다.

하지만 그렇다고 해서 쉽게 발걸음이 떨어지지는 않았다.

자그마한 표국이라고 생각했다.

사무진이 기억하고 있는 표국은 많아봐야 표사 서너 명이 하루에 한 번 정도 비단이나 포목 같은 짐을 나르던 곳이었으니까.

그런데 대천표국은 사무진의 예상과는 완전히 달라서 커도 너무나 컸다.

"저기……."

"하명하시지요."

"차용증은 확실히 챙겼죠?"

"물론입니다. 그런 것은 신경 쓰지 마십시오."

불과 어제까지만 해도 노환으로 인해서 다 죽어가던 심 노인의 목소리는 어딘가 모르게 들떠 있었다.

마치 살랑살랑 불어오는 봄바람에 바람이 든 노총각처럼.

"왜 그렇게 기분이 좋아요?"

"어찌 기분이 좋지 않겠습니까? 죽기 전에 마교가 재건되는 것을 볼 수 없을 것이라 생각했습니다. 하지만 이렇게 교주님과 함께 움직이고 있으니 차오르는 감격을 주체하기 어려울 정도입니다."

"교주 아니라니까. 어쨌든 기뻐서 좋겠네요. 난 죽을 것 같은데."

가슴이 답답했다.

지금까지 일이 진행된 상황으로 보아 차용증이 있다고 해서 좋게 말로 끝날 것 같지는 않았다.

그리고 만약 좋게 말로 끝나지 않고 싸움이라도 벌어진다면 문제가 커졌다.

얼핏 봐도 수십 명에 달하는 표사들이 한꺼번에 달려든다고 생각하니 벌써부터 가슴이 벌렁거렸다.

"천마불사!"

감격에 겨운 듯 심 노인이 또 때와 장소를 가리지 않고 천마불사를 외쳤지만 사무진의 표정은 여전히 심드렁했다.

"천마불사는 무슨. 잘못하면 오늘 천마, 죽을지도 모르겠는데."

퉁명스레 혼잣말을 꺼내면서 사무진이 심 노인과 심천민을 바라보았다.

혹시나 하는 기대를 하면서.

하지만 이내 사무진은 그 기대를 접었다.

당장 내일 죽는다고 해도 이상할 것이 없을 정도로 뼈만 남아 있는 앙상한 심 노인과 할 줄 아는 것은 주판알을 튕기는 것이 전부인 심천민이 무공이라는 것을 알 가능성은 전혀 없어 보였다.

"저기… 혹시 심가상단에는 호위무사 같은 건 없나요?"

"왜 그러십니까?"

"아무래도 쪽수가 너무 부족하면 우릴 우습게볼 것 같아서……."

"우습게 보다니요? 감히 어떤 놈들이 교주님을 우습게 볼 수 있단 말입니까? 그런 놈이 있다면 제가 나서서……."

"제발 부탁인데 묻는 것에만 대답해 줄래요?"

"흠흠! 물론 있습니다. 다만……."

"다만?"

"처리할 일이 있어서 밖으로 나가 있었습니다. 어제 연락을 해두었으니 머지않아 도착할 것입니다."

하여간 개똥도 필요할 때는 없는 법이다.

별로 강할 것 같지도 않고, 언제 돌아올지도 모를 심가상단의 호위무사들을 무턱대고 기다릴 수는 없었다.

"들어갑시다!"

"제가 기별을 넣겠습니다."

그래도 지은 죄가 있어서인지 심천민이 앞으로 나섰다.

그리고 평소와는 달리 재빠르기도 했다.

새까맣게 타 들어가고 있는 사무진의 속내도 몰라주고.


"누가 찾아왔다고?"

"심가상단의 상단주인 심천민이라는 자가 찾아왔습니다."

돌아온 대답을 듣자마자 송광효가 얼굴을 찌푸렸다.

다시는 찾아오지 못할 것이라 생각했다.

지난번 찾아왔을 때 말귀를 알아듣도록 손을 봐주었으니까.

하지만 심천민이란 놈은 겁도 없이 또 한 번 찾아왔다.

"하긴 황금 오천 냥이 결코 쉽게 포기할 수 있을 정도로 적은 돈은 아니지."

송광효가 살피고 있던 서류를 탁자 위에 내려놓으며 고개를 들었다.

"혼자 왔던가?"

"노환으로 인해서 병석에 누워 있다고 했던 심가상단의 전대 상단주와 호위무사로 보이는 젊은 청년 하나가 함께 왔습니다."

"그래?"

심가상단의 전대 상단주인 심두홍이 노환으로 인해서 오늘내일한다는 이야기는 그도 들어서 알고 있었다.

그리고 함께 온 자가 아직 새파랗게 젊은 청년 하나뿐이라는 말을 듣자 송광효는 피식 웃음을 지었다.

보지 않아도 그들이 찾아온 용건은 뻔했다.

늙고 병든 전대 상단주까지 대동하고 함께 온 것으로 봐서 눈물콧물을 흘려가며 사정해서 동정심에 기대보려는 것이 틀림없었다.

그리고 송광효는 다 죽어가는 늙은이가 눈물콧물을 흘려가며 하소연하고 애원하는 것을 보고 싶은 마음이 손톱만큼도 없었다.

"예진이가 우는 것을 달래는 것도 짜증나서 죽겠는데……."

애첩인 예진이가 요즘 들어서 자신에 대한 관심이 줄었다고 징징대는 것으로 인해 밤새도록 시달렸던 송광효인 만큼 그런 마음이 드는 것은 당연했다.

"뭐라고 하셨습니까?"

"아니야. 별로 만나고 싶지 않군. 자리에 없다고 해!"

"알겠습니다."

송광효는 내려놓았던 서류를 다시 집어 들었다.

그리고 탁자 위에 놓여 있던 찻잔을 드는 그의 얼굴에 희미한 웃음이 떠올랐다.

요즘 같아서는 살맛이 났다.

얼마 전까지만 해도 심각한 자금 압박으로 인해 꽤나 시달렸는데 이제는 그와는 전혀 상관없는 일로 변해 있었다.

그리고 그 이유는 심가상단에서 차용했던 황금 오천 냥 때문이었다.

"멍청한 자들!"

비록 차용증까지 받았다고는 하나 그들은 너무나 순진했다.

어쩌면 경험이 없어서였을지도 모르고.

돈을 갚지 않은 것에 대해서 아주 조금 양심의 가책이 느껴지기는 했지만 그래도 여전히 돈을 갚을 생각 따위는 전혀 없었다.

지금이 좋았으니까.

한 주전자에 은자 네 냥이나 하는 용정차와 함께 시작하는 조용하고 평화로운 일상을 오랫동안 이어가고 싶었으니까.

챙그랑.

용정차의 향은 언제나처럼 좋았다.

그래서 두 눈을 지그시 감은 채 용정차의 푸근한 향을 음미하고 있던 송광효가 번쩍 눈을 떴다.

그의 성격상 딱히 미신을 믿는 것은 아니지만 아침부터 뭔가가 깨어지는 것은 불길한 느낌을 주었다.

게다가 여느 때처럼 평화롭던 자신의 아침 명상 시간까지도 날아가 버렸으니.

그러나 아직 끝이 아니었다.

타다다닷!

조금 전 나갔던 허 집사가 급하게 뛰어와 다시 모습을 드러냈다.

"무슨 일인가?"

"그게… 꽤나 곤란한 상황이 발생했습니다."

"곤란한 상황?"

"심가상단의 전대 상단주였던 심두홍이 하가장에서 맡긴 표물인 비취 도자기를 깨버렸습니다."

"뭐야?"

송광효가 벌떡 몸을 일으켰다.

비취 도자기라면 가격만 해도 은자 오십 냥은 족히 나갈 물건이다.

일반적으로 표물을 도난당하거나 표물에 문제가 발생했을 경우, 원래 물건 가격의 열 배를 배상해 주어야 했다.

그런 만큼 앉은 자리에서 무려 은자 오백 냥이나 손해를 본 셈이다.

"표두와 표사들은 대체 뭘 하고 있었나? 다 죽어가는 늙은이가 그런 난동을 벌일 때까지 말리지도 않고!"

"워낙에 갑자기 벌어진 일이라… 죄송합니다."

"젠장!"

갑자기 피로가 몰려왔다.

그래서 송광효가 손으로 이마를 짚을 때, 허 집사가 조심스레 한마디를 더했다.

"아무래도 국주님께서 한번 나가보셔야 할 듯합니다."

"왜지?"

"심두홍과 함께 온 젊은 청년이 있다고 했지 않습니까?"

"그런데?"

"그 청년이 마교의 교주라고 합니다."

"……."

워낙에 뜬금없는 이야기여서일까?

송광효가 멀뚱멀뚱 허 집사를 노려봤다.


쨍그랑.

'일났다!'

비싼 도자기는 뭐가 달라도 분명 달랐다.

이렇게 경쾌하기 그지없는 소리와 함께 산산조각이 나는 것을 보니.

어떻게 다시 붙여볼 여지도 없이 산산조각 나버린 도자기 앞에 주저앉은 채 사무진은 길게 한숨을 내쉬었다.

'틈만 나면 애꿎은 바닥에 이마를 찧더니만……'

아무리 봐도 심 노인은 정상이 아니었다.

대천표국의 국주가 지금 자리를 비워서 없다는 이야기를 듣자마자 달려가서는 도자기를 뺏어서 바닥에 내팽개치는 데 걸린 시간은 정말 눈 깜짝할 새였다.

저토록 빠르고 힘찬 노인의 몸놀림을 보고서 어제까지만 해도 다 죽어가던 노인이라고 누가 믿을까?

그나마 그쯤에서 멈추었으면 좋았을 텐데……

심 노인은 젊은 사람 못지않게 목청도 좋았다.

"너희같이 천한 것들이 감히 이분이 누군지 알기나 하는 것이냐? 바로 마교의 교주님이시다! 천마불사!"

빼놓지 않고 천마불사까지 붙인 심 노인은 어정쩡하게 곁에 서 있는 심천민의 옆구리까지 찔렀다.

"천마불사!"

어쩔 수 없이 심천민까지 두 손을 들어 올리며 천마불사를 외치자마자 꽤나 넓은 표국 내의 시선이 일제히 사무진에게로 쏠렸다.

"하하."

어색한 웃음으로 상황을 넘겨보려고 했지만 그러기에는 이미 늦은 상황이었다.

심 노인이 값비싼 비취 도자기를 바닥에 내팽개치는 순간 이미 대화로 풀 수 있는 선은 넘어버린 후였다.

"그래, 내가 마교의 교주다! 그러니까 얼른 국주 나오라 그래!"

그래서 갈등하던 사무진은 결국 결심을 굳혔다.

그리고 있는 대로 목소리를 깔고 외친 사무진은 고개를 끄덕였다.

'마교가 무섭기는 무섭구나!'

표물로 받은 도자기를 박살 낸 심 노인을 포박할 기세로 달려오던 표사들이 마교의 교주라는 말에 움찔하며 멈춘 것이 보였다.

아마 그대로 조금만 더 시간이 지났다면 표사들이 겁먹은 표정으로 물러났을 터이다.

"미친놈들이로구나!"

하지만 갑자기 모습을 드러낸 중년의 사내로 인해서 분위기는 금세 바뀌었다.

"마교의 교주? 마교가 몰락한 지 이미 삼십 년이 지났다. 지금 뭣들 하느냐? 감히 표물을 훼손한 정신 나간 자들을 당장에 포박하지 않고!"

노기 어린 중년 사내의 목소리로 인해 움찔하고 한 걸음 물러났던 표사들이 다시 다가오기 시작했다.

"그래, 마교는 이미 삼십 년 전에 몰락했잖아!"

"마교의 교주가 저렇게 젊을 리가 없어!"

"국주님 말씀처럼 미친놈들이로구만!"

험악하게 인상을 쓰고서 천천히 다가오는 표사들을 보던 사무진이 재빨리 고개를 뒤로 돌렸다.

"안 믿는데 어쩌죠?"

"죽을죄를 지었습니다."

"심 노인이 왜요?"

"제가 조금만 기력이 남아 있었다면 감히 교주님 앞에서 무릎을 꿇지 않고 있는 자들의 다리를 모조리 잘라놓았을 텐데."

심 노인은 또다시 애꿎은 바닥에 이마를 찧으려고 했다.

"아, 지금 이마를 찧을 때가 아니잖아요? 이제 어떻게 하면 되죠?"

간신히 말려놓고 사무진이 묻자 심 노인이 단호하게 대답했다.

"눈이 있음에도 불구하고 감히 교주님을 알아보지 못하는 자들입니다. 죽음으로 그 죄를 물어야 할 것입니다."

"죽이라고요?"

"이런 미천한 것들을 모두 죽이는 것이 마음에 걸리신다면 실력을 조금만 보여주십시오."

일말의 의심도 없이 자신이 마교의 교주라고 믿고 있는 심 노인을 보면서 사무진은 또 한 번 한숨을 내쉬었다.

보여줄 실력이 있었다면 걱정도 하지 않았을 터이다.

하지만 아무리 머리를 쥐어짜 내도 마땅히 보여줄 것이 없었다.

"미치겠네."

그래도 가만있을 수는 없었다.

기대에 가득 찬 심 씨 부자의 초롱초롱한 눈빛이 보였다.

그리고 그들을 실망시킬 수는 없었기에 사무진은 품속으로 손을 가져갔다.

"진짜 이건 안 보여주려고 했는데……."

품속에 들어갔던 사무진의 오른손이 빠져나왔다.

그리고 그런 사무진의 오른손에는 아침 햇빛을 받아 인해 더욱 반짝이고 있는 신병이기 숟가락이 들려 있었다.


　사무진을 향해 다가서던 표사들의 얼굴이 일그러졌다.
　품속으로 손을 집어넣는 것을 보고 무기를 꺼낼 것이라 예
상했다.
　하지만 사무진의 오른손에 들려 있는 것은 숟가락.
　물론 숟가락치고는 무척이나 반질반질하고 윤이 났다.
　그래서 처음에는 날카로운 비수라고 오해하고 잠시 움찔
했지만 밥 먹을 때나 사용하는 숟가락이라는 것을 깨닫자마
자 얼굴을 찡그리기 시작했다.
　오죽했으면 기대에 가득 찬 두 눈으로 사무진을 바라보던
심 씨 부자의 두 눈에도 실망스런 빛이 떠올라 있었다.
　"교주님!"
　"왜요?"
　"혹시 잘못 꺼내신 것이 아닙니까?"
　"제대로 꺼낸 것 맞는데요."
　"제 눈에는 아무래도 숟가락으로밖에 보이지 않는데요."
　"신병이기 숟가락입니다."
　"하지만……."
　아무래도 신뢰가 가지 않는다는 표정을 짓고 있는 심 노인
을 바라보던 사무진이 한마디를 덧붙였다.
　"세상에 신병이기는 따로 없어요. 비록 지금 내가 들고 있

는 것이 숟가락이라고는 하나 누가 쓰는가에 따라서 신병이기가 될 수도 있지요."

언젠가 검마 노인에게서 들었던 이야기를 사무진이 꺼내자마자 심 노인의 두 눈이 다시 몽롱하게 변했다.

뭐, 제대로 이해한 것인지는 모르겠지만.

어쨌든 사무진이 눈치를 살피며 손바닥으로 바닥을 몇 번 쓸었다.

그리고 주워 든 몇 개의 돌멩이를 눈치채지 못 하도록 슬그머니 던졌다.

오궁팔괘진을 펼치기 위한 준비 작업.

준비가 어느 정도 끝나자 그제야 사무진이 기세등등하게 소리쳤다.

"눈이 있어도 제 구실을 못하는 것들이로구나! 이제 나 마교의 교주가 그에 대한 죄를 묻겠다!"

"당연한 처사이십니다."

심 노인은 박자 감각이 있었다.

절묘한 순간에 추임새를 넣는 걸로 봐서.

그리고 한껏 신이 난 심 노인이 앙상한 주먹을 불끈 쥐고 들어 올릴 때 사무진이 다시 소리를 질렀다.

"찔끔찔끔 상대하는 것은 귀찮으니 덤빌 테면 모두 한꺼번에 덤벼라!"

웅성웅성.

숟가락 하나 들고서 사무진이 기세 좋게 소리치자마자 멀찍이 떨어져 있던 표사들까지 일제히 모여들기 시작했다.

병기를 꺼내는 대신 숟가락을 꺼내 드는 것으로 보아 마교의 교주일 리가 없다는 판단을 내린 것이다.

게다가 그들도 모두 무인.

그들은 자존심이 상한 것이었다.

그렇게 표사들이 모두 몰려드는 것을 바라보고 있던 사무진이 이번에는 왼손을 품속으로 집어넣었다.

이번에도 심 노인의 두 눈에는 기대가 떠올랐다.

"역시… 다른 신병이기도 숨겨놓으셨던 것이로군요."

"하나 더 있기는 한데……."

"비도, 아니면 류입니까?"

"그런 것은 아니고… 또 신병이기 숟가락."

겸연쩍은 표정으로 사무진이 또 하나의 숟가락을 꺼내 들었다.

양손에 하나씩 도합 두 개의 숟가락을 움켜쥔 사무진이 몰려들어있는 표사들을 향해 소리쳤다.

"숟가락 두 개면……!"

왼손에 들려 있던 숟가락 하나가 날아가 가장 선두에 서 있는 표사의 발치 앞에 깊숙이 틀어박혔다.

멀뚱멀뚱.

워낙에 어이가 없어서인지 표사들이 발치 앞에 틀어박힌

숟가락을 가만히 지켜보고 있을 때, 사무진이 남아 있는 하나의 숟가락을 더 던졌다.

"천하에 가두지 못할 자가 없다!"

푹!

두 번째 숟가락이 바닥 깊숙이 틀어박히자마자 적막이 흘렀다.

그리고 혼신의 힘을 다해 두 개의 숟가락을 내던진 후 지친 듯 고개를 떨어뜨리고 있는 사무진을 향해 심 노인이 조심스레 입을 열었다.

"교주님!"

"교주 아니라니까요."

"조금 이상한데요."

"뭐가요?"

"조금 전에 숟가락 두 개면 천하에 가두지 못할 자가 없다고 하지 않으셨습니까? 그렇다면 표사들이 움직이지 못해야 하는 것 아닙니까?"

"그런데요?"

"표사들이 움직이는데요."

"알아요."

"보지도 않고 어떻게 아십니까?"

"빗나갔거든요."

딱 반 치가 빗나갔다.

두 번째 숟가락을 던지는 순간, 너무 긴장한 바람에 오른쪽으로 정확히 반 치가 빗나가 버렸다.

"오늘 몸이 별로 안 좋네요."

안타까움에 입술을 질끈 깨물며 사무진이 입을 뗐다.

"준비하세요!"

"무엇을 말입니까?"

"회심의 일격이 빗나갔으니 이제 다른 방법을 강구해 봐야죠."

"다른 방법이라면?"

"예를 들어, 도망친다거나……."

"……."

도망치자는 말이 충격인 듯 심 노인이 입을 다물었다.

그리고 실망한 모습을 보니 미안하기는 했지만 사무진은 잘 알고 있었다.

천마불사는 틀린 말이었다.

천마라 불리는 마교의 교주는 결코 불사의 존재가 아니었다.

이미 삼십 년 전에 마교의 교주가 죽었던 것이 바로 명백한 증거였다.

그리고 결정적으로 사무진은 마교의 교주가 아니었다.

다시 말해 언제라도 죽을 수 있는 것이었다.

그래서 사무진이 다시 한 번 재촉하려 할 때였다.

휘이잉.

갑자기 바람이 분다는 느낌을 받고서 고개를 돌리자마자 흑색 피풍의를 입은 네 명의 사내가 보였다.

"이자들은 또 누구?"

"늦어서 죄송합니다!"

기척도 없이 등장한 네 명의 사내를 향해 사무진이 입을 뗄 때 그들이 거의 동시에 심 노인을 향해 입을 열었다.

그리고 그들을 향해 고개를 끄덕이는 심 노인을 보던 사무진이 서둘러 물었다.

"누구냐니까요?"

"아까 묻지 않으셨습니까?"

"혹시 호위무사?"

"네, 이들이 바로 심가상단의 호위무사, 아니, 교주님의 호위무사들입니다."

흠칫.

심 노인의 입에서 교주라는 단어가 흘러나오자마자 별로 춥지도 않은데 흑색 피풍의로 전신을 감싸고 있던 네 사내의 신형이 움찔하는 것이 느껴졌다.

"뭣들 하느냐, 교주님께 인사를 드리지 않고!"

"천마불사!"

네 명의 사내가 일제히 사무진을 향해 부복했다

그리고 약속이라도 한 듯 '천마불사'를 외쳤다.

그런 그들을 보며 사무진의 안색이 밝아졌다.

조금 전 이들이 펼친 신법!

기척도 느끼지 못할 정도로 빨랐다.

'이들에게 심 씨 부자를 한 명씩 맡긴 후에 도망치면 되겠구나!'

재빨리 머리를 굴린 사무진이 흑색 피풍의를 입은 네 명의 사내, 심 노인의 말로는 자신의 호위무사라고 하는 자들에게 첫 번째 명령을 내렸다.

"반갑다는 인사부터 해야 하는데 시간이 별로 없네. 뭐, 인사야 일단 이곳을 벗어나서 넉넉할 때 해도 되겠지."

"네!"

"일단 업어!"

"……?"

사무진이 내린 명령을 제대로 이해하지 못한 듯 아무도 움직이지 않았다.

그리고 그사이에도 표사들은 다가오고 있었다.

마음이 다급해진 사무진이 다시 소리쳤다.

"뭐 해? 심씨 부자 한 명씩 업으라니까!"

그제야 두 명의 사내가 앞으로 나서서 심두홍과 심천민을 등에 업었다.

그 모습을 확인한 사무진이 안심한 표정으로 다시 입을 뗐다.

"일단 도망치자고."

"네?"

"그리고 다시 만날 곳은 심가상단! 거기서 만나서 돈 나갈 만한 것들만 챙겨서 더 멀리 도망치자고."

어느새 지척까지 다가와 있는 표사들이 보였다.

돌아올 대답을 기다릴 여유조차도 없이 사무진이 발로 툭 하고 땅을 걷어찼다.

발끝에 전해지는 느낌이 그리 아프지 않은 것으로 봐서 파고들지 못할 정도로 단단한 지반은 아니었다.

"후흡."

습관처럼 깊숙이 숨을 들이마신 후, 사무진은 뒤도 돌아보지 않고 재빨리 땅속으로 파고들었다.

코와 입으로 밀려드는 흙으로 인해 그다지 상쾌한 기분은 아니었지만 멍하니 서 있다가 죽는 것보다는 백배 나았다.

그런데 이상했다.

얼른 이곳을 벗어난다 해도 모자랄 상황인데 지면 위에서는 아무런 움직임이 느껴지지 않았다.

'뭐하고 있는 거야?'

속이 새까맣게 타기 시작했다.

그리고 모조리 외면해 버리고 혼자서라도 멀리 떠나고 싶었지만 사무진은 결국 그리하지 못했다.

불쑥.

순식간에 땅속으로 사라졌던 사무진이 땅위로 머리를 내밀었다.

그리고 그런 사무진에게 심 씨 부자를 비롯한 호위무사들의 시선이 쏟아졌다.

"퉤엣."

그 짧은 사이 입속으로 많이도 기어들어 온 흙을 거칠게 뱉어낸 사무진이 눈을 부라리며 소리쳤다.

"안 가고 뭐 해요?"

답답한 심정이 절절이 담겨 있는 사무진의 외침이 끝났음에도 불구하고 역시 아무도 움직이지 않았다.

되레 등에 업혀 있던 심 노인이 바닥으로 내려섰다.

"방금 그 무공은……."

"무공은 무슨. 땅 파고 들어가기 말하는 거예요?"

"제 눈이 틀리지 않다면 방금 그 무공은 유령신마님의 독문 무공인 천괴지둔공이 아닙니까?"

"천괴지둔공?"

사무진이 의아한 표정을 지었다.

처음 들어보는 무공 이름이었다.

실제로 이것을 가르쳐 주었던 유령신마조차도 가르쳐 주지 않은 이름이었기에 생소하게 느껴졌다.

"천마불사!"

그렇게 사무진이 고개를 갸웃거리는 순간을 틈타 심 노인은 감격에 겨운 표정으로 또다시 '천마불사'를 외치고 있었다.

그놈의 '천마불사'는…….

그런데 이번에는 심상치 않았다.

아까 전만 해도 심 노인이 옆구리를 찌르자 어쩔 수 없다는 표정으로 '천마불사'를 외치던 심천민도 자발적으로 외치고 있었다.

심지어 조금 전 등장했던 흑의 피풍의를 입은 사내들조차 같이 '천마불사'라고 소리치고 있었다.

"가야 한다니까!"

오직 사무진만이 답답한 표정을 짓고 있을 때 심 노인이 입을 열었다.

"하명만 하십시오."

"뭘요?"

"감히 교주님의 신위를 보고서도 경의를 표하지 않는 자들을 어찌 용서할 수 있겠습니까? 제 구실을 못하는 저들의 눈을 뽑아야 합니다."

심 노인을 보고 사무진이 입술을 삐죽였다. 하여간 말은 청산유수였다.

자기가 나서지도 않을 거면서.

"나보고 하라고요?"

"그럴 리가 있습니까? 일개 표국의 표사들 따위를 상대하기 위해 교주님이 나서는 것은 어불성설입니다. 호위무사들이 알아서 할 것입니다."

믿어도 될까?

어느새 부복하고 있는 네 명의 사내를 그다지 미덥지 않은 시선으로 훑어보던 사무진이 심 노인을 향해 물었다.

"얘들, 강해요?"

사무진이 눈을 부릅떴다.

고작 네 명에 불과했다.

하지만 그들은 험악하게 인상을 쓰고 있는 수십 명의 표사들을 향해 일말의 망설임도 없이 파고들었다.

그 모습을 보고 너무 무모한 짓이라고 말리려고 했던 사무진은 곧 입을 다물었다.

늦가을의 삭풍을 견디지 못하고 속절없이 떨어지는 나뭇잎처럼 표사들이 순식간에 쓰러지고 있었다.

순식간에 서른 명에 가까운 표사들이 바닥을 뒹굴고 있는 것을 확인한 사무진이 할 수 있는 것은 간신히 한마디를 던지는 것뿐이었다.

"눈까지는 안 뽑아도 돼."

그 한마디를 남기고 몇 번 눈을 껌벅이자 지면 위에 멀쩡하게 서 있는 표사는 한 명도 없었다.

남은 것은 무공을 전혀 모르는 것처럼 보이는 쟁자수들과 표국의 국주처럼 보이는 중년인 하나뿐이었다.

수십 명에 가까운 표사들을 쓰러뜨린 후였지만 숨소리조차 흐트러지지 않은 네 명의 호위무사가 사무진을 향해 고개를 숙였다.

"하명하십시오!"

"응?"

"원하신다면 이 표국 안에 있는 쥐새끼 한 마리까지 지우겠습니다."

조금 전에 이런 이야기를 들었다면 말도 안 되는 소리로 치부했을 것이다.

하지만 순식간에 대천표국의 표두와 표사 수십 명을 단숨에 쓰러뜨린 것을 보고 나니 믿기기 시작했다.

그와 동시에 사무진은 억울한 생각이 들었다.

저만한 무공을 가지고 있는 이들을 데리고 있으면서 지금까지 왜 빼앗긴 돈은 찾으러 오지 않았는지가.

그리고 괜히 자신을 나서게 만들어서 이리 고생을 시키는가 하는 원망까지 들었다.

"진즉에 쟤들 데리고 왔으면 쉽게 해결되었을 것 아닙니까?"

"저 아이들도 그동안 바빴습니다."

"이미 마교도 망한 마당에 뭐가 그렇게 바빴는데요?"

"삼십 년 전의 혈겁으로 인해 저희 마교가 입은 피해는 엄청났습니다. 수를 셀 수 없을 정도로 많은 이들이 죽었고, 간신히 그 혈겁을 피한 마교도들도 뿔뿔이 흩어졌습니다. 다시 마교를 재건하기 위해서는 당시 혈겁을 용케 피해 흩어졌던 교도들을 찾는 것이 우선이라는 생각에 이들이 움직이고 있었습니다."

듣고 보니 일리가 있는 말이었다.

그리고 잘못한 것은 하나도 없음에도 불구하고 잘못했다는 표정을 짓고 있는 심 노인을 보며 사무진이 고개를 흔들며 입을 다물었다.

한마디만 더 했다가는 또 애꿎은 바닥에 이마를 찧을 것만 같아서.

"일단은 빌려줬던 돈부터 받는 것이 급한 것 같은데, 그때 돈 빌려갔던 사람이 저 사람 맞아요?"

너무 놀라서인지 도망갈 생각도 하지 못하고 멍하니 서 있는 송광효를 사무진이 손으로 가리켰다.

"맞습니다. 틀림없는 그놈입니다."

그리고 심천민의 대답을 듣고서 사무진이 희미한 웃음을 지었다.

"대화를 나누기에는 너무 먼 것 같은데."

"데려오겠습니다."

사무진의 말이 떨어지기가 무섭게 호위무사 중 한 명이 재빨리 송광효의 곁으로 다가가 목덜미를 움켜쥐었다.

그 와중에 송광효가 반항하려고 했지만 괜한 몸부림일 뿐이었다.

"가만히나 있지. 쯧쯧!"

괜히 반항하다가 눈두덩을 한 대 제대로 얻어맞고서 벌겋게 부어오른 채로 끌려온 송광효를 보며 사무진이 혀를 찼다.

그래도 표국 국주로서의 마지막 자존심이 남은 듯 송광효가 사무진을 매서운 눈초리로 노려보았다.

 하지만 이번에도 무모한 짓일 뿐이었다.

 "무엄하게 교주님을 노려보았으니 저 눈부터 뽑겠습니다."

 목덜미를 움켜쥐고 끌고 온 호위무사의 말이 끝나기가 무섭게 송광효가 언제 그랬냐는 듯 재빨리 바닥으로 눈을 깔았다.

 하지만 아직 끝이 아니었다.

 "건방진데 그냥 죽일까요?"

 입만 살아 있는 심 노인은 한술 더 떴다.

 사무진은 아무것도 하지 않고 그냥 서 있어도 충분했다.

 그리고 그때, 창백하게 질린 얼굴로 무릎을 꿇고 있던 송광효가 기어들어 가는 듯한 목소리로 입을 열었다.

 "정말 마교의 교주십니까?"

 "그게……."

 설명하려다가 그냥 관두었다.

 귀찮아서.

 "돈이나 갚아."

 "……."

 "마교를 재건하려면 돈이 필요하니까."

 벼락이라도 맞은 듯 송광효가 부르르 떨었다.

 사무진이 내뱉은 마지막 말로 송광효는 사무진이 진짜 마교의 교주라고 철석같이 믿게 되었다.

겁에 질려 대답도 못하고 바들바들 떨고만 있는 송광효.

그런 그를 향해 사무진이 인상을 썼다.

"차용증 보여줄까?"

"아… 아닙니다."

"그러게 진즉에 갚았으면 얼마나 좋아. 서로 귀찮지 않고. 보자, 원래 갚기로 한 날보다 많이 늦었으니까 이자 좀 내놔. 아까워하지 말고."

송광효의 이마 위로 식은땀이 흘러내렸다.

사무진은 선량한 사람이었다.

그런 만큼 사무진의 말뜻은 그저 나라에서 법으로 정해놓은 법정 이자만 달라는 뜻이었다.

하지만 송광효는 다르게 해석했다.

지금까지 모아놓은 전 재산을 내놓으라는 말로.

"다 내놓겠습니다."

"응?"

"마교의 재건을 위해서 제가 가진 전 재산을 모두 다 내놓을 테니 제발 목숨만은 살려주십시오."

사무진이 머리를 긁적였다.

이런 게 아닌데……

뭐, 어쨌든 사무진도 준다는 것을 거절하는 매몰찬 성격은 아니었다.

"우리 여기 와서 살까?"

딱 봐도 심가상단과는 비교할 수 없을 정도로 크고 깨끗한 대천표국의 전각들을 살피던 사무진이 한마디를 던졌다.

그리고 이번에도 입만 살아 있는 심 노인이 동조했다.

"비록 교주님께서 머무르기에는 누추하지만 잠시 동안만 머문다 생각하고 불편함을 참아주십시오."

하여간 말 하나는 참으로 청산유수였다.

그래서 슬쩍 심 노인을 째려본 사무진은 다시 한 번 심각하게 고민하기 시작했다.

무척 근사한 집도 생겼고, 돈도 많이 생겼으며, 꽤나 센 호위무사까지 생기자 갑자기 희망이 생겼다.

마교 재건을 할 수 있을 것만 같은.

"까짓것, 마교 교주라는 거, 진짜 한번 해볼까?"

第九章
유람

荷蘤乳蒸煎棗湯細賜芙蓉佑菜寺
至大改元四月佛浴道音廣為傳徒
日弟子趙孟頫敬書長座前
老君演此真妙經竟

샤사삭.

늦가을의 스산한 바람이 불어오자 말라 버린 갈대들이 쓸쓸한 소리를 만들어내며 춤을 추었다.

그 갈대들 사이로 나 있는, 어른 한 명이 간신히 다닐 수 있을 정도로 좁은 소로를 통해 한 명의 여인이 걸음을 옮기고 있었다.

사뿐사뿐.

보는 사람의 마음까지 가볍게 만들어줄 정도로 경쾌하게 발걸음을 떼고 있는 여인은 화장기가 전혀 없어서인지 아직 앳되다는 느낌을 주었다.

그리고 그 여인이 걸어가고 있는 방향의 끝에는 호수 위로 낚싯대를 드리우고 있는 중년의 사내가 있었다.

그 중년의 사내가 앉아 있는 곳에서 약 십 장 근처까지 다가갔을 때부터 여인이 갑자기 발소리를 죽였다.

마치 아무런 기척도 없이 지척까지 다가가 상대가 알아차리기도 전에 목숨을 빼앗는 살수처럼.

그렇지만 제대로 된 살수라기에는 아무래도 많이 어설펐다.

그나마 다행인 것은 낚싯대를 드리우고 앉아 있는 중년인이 아무 것도 느끼지 못한 듯 미동도 없다는 것이었다.

그래서일까?

고양이처럼 발소리를 죽인 채 살금살금 다가가고 있던 여인의 입가로 장난기 어린 웃음이 떠올랐다.

이제 남은 거리는 일 장.

억지로 숨을 참아 숨소리까지 죽인 여인이 다시 한 걸음을 떼려 할 때였다.

"허 대주!"

강물 위에 떠오른 채 전혀 미동도 하지 않고 있는 찌만을 바라보던 중년인이 누군가를 불렀다.

그러나 아무도 대답하지 않았다.

하긴, 아무도 없는 허공을 향해 던진 부름이었으니까 누군가가 대답하는 것이 오히려 이상한 일이었다.

하지만 중년인은 전혀 개의치 않고 한마디를 더 던졌다.

"이건 직무 태만이 아닌가? 기척을 감춘 채 나를 노리고 다가온 살수가 일 장 앞으로 접근했는데도 불구하고 알아채지 못하다니 말일세."

여전히 아무런 대답도 흘러나오지 않았다.

대신 발소리를 죽인 채 살금살금 걸어가고 있던 여인이 머금고 있던 웃음을 지우고 입가를 삐죽였다.

"재미없는 사람."

"재미없기는 아빠도 마찬가지예요."

아무런 대꾸도 없는 허 대주가 섭섭한 듯 중년 사내가 한마디를 던질 때, 입을 삐죽 내밀고 있던 여인도 흥미가 떨어진 듯 맥 풀린 음성을 토해냈다.

"왔느냐?"

"다 알고 있었으면서."

"지금에서야 알았다."

"거짓말!"

"사실 모른 척하기가 더 어렵더구나."

솔직한 중년 사내의 말에 여인의 눈빛이 날카롭게 변했다.

"아빠 그게 문제야."

"무공이 너무 강한 것 말이냐?"

"아니. 딸이 오래간만에 치는 장난도 받아주지 못할 정도로 재미없다는 것."

중년 사내가 머리를 긁적였다.

그리고 순간 괜찮은 생각이 떠오른 듯 제안했다.

"이건 어떨까?"

"뭔데?"

"네가 무공을 제대로 익혀보는 거야."

"내가 왜?"

"제대로 무공을 익혀서 이 아비가 눈치채지 못할 정도로 완벽하게 기척을 숨기고 접근해 보는 거지."

꽤 괜찮은 제안이 아니냐는 듯이 어깨를 으쓱이며 중년인이 바라보았지만 여인은 어이없다는 표정을 지었다.

"얼마나 걸릴까?"

"한 일 년 정도?"

"진짜 못 말리셔. 벌써 치매 온 것 아냐? 아빠는 자꾸만 아빠가 누군지 깜박깜박하는 것 같은데?"

"아직 그 정도는 아니다. 내 이름은 유정생. 맞지?"

"그래. 무림맹주이자 천하십대고수 중 한 명이지. 그런데 내가 일 년만 무공을 익히면 천하십대고수 중 한 명인 아빠의 이목을 속일 수 있다고 생각해?"

"그야……."

"말도 안 되는 소리지?"

"크흠."

헛기침을 하며 유정생이 다시 전혀 움직일 생각이 없는 낚시찌를 향해 시선을 돌렸지만 유가연의 공격은 아직 끝나지 않았다.

"그리고 왜 괜히 일 잘하고 착한 허 대주님은 괴롭히고 그 래?"

"내가 언제 그랬어?"

"방금 그랬잖아. 아빠 그러면 안 돼. 허 대주님이 아빠 목 숨 구해준 것이 어디 한두 번이야? 그러다 벌받아."

"딱 한 번인데."

"시끄러!"

천하십대고수 중 한 명이자 무림맹의 맹주라는 대단한 직 책까지 맡고 있는 유정생이었지만 하나밖에 없는 딸 앞에서 는 전혀 기를 펴지 못했다.

"허 대주님에게 또 한 번만 그래 봐."

"어쩔 건데?"

"가만있지 않을 거야."

허리춤에 손을 얹고서 비장한 표정을 짓고 있는 딸의 모습 을 보고 유정생이 입맛이 쓴 듯 얼굴을 찡그렸다.

그리고 다시 아무도 없는 허공에 대고 누군가를 불렀다.

"허 대주!"

"네!"

이번에는 아까와 달리 대답이 흘러나왔다.

그리고 그 대답은 마치 사방에서 동시에 흘러나온다는 느 낌이 들어 허 대주가 숨어 있는 위치를 파악하기 힘들었다.

그러나 유정생은 금세 허 대주의 위치를 파악한 듯 갈대숲
이 우거진 곳으로 시선을 고정한 채 한마디를 던졌다.

"웃지 말게."

"네!"

"웃지 말라니까."

낚싯대를 움켜쥐고 있던 유정생의 오른손에 힘줄이 불거
졌다.

그리고 허 대주가 모습을 감추고 있는 갈대밭 쪽으로 그 낚
싯대를 휘두르려고 할 때, 유가연이 먼저 소리쳤다.

"또 괴롭힌다!"

"아니다, 아니야."

"다 봤어, 낚싯대 움켜쥔 손등에 힘줄 불거지는 것!"

"크흠!"

또 한 번 헛기침을 하며 허 대주가 숨어 있는 갈대밭 쪽을
한 번 째려보던 유정생의 얼굴에 갑자기 걱정스런 기색이 떠
올랐다.

"설마 그런 것은 아니겠지?"

"갑자기 뭐야?"

"이런 말 꺼내기가 난처하기는 하지만 꼭 해야 될 것 같아
서 하는 말인데… 허 대주는 너보다 나이도 스무 살이나 많고
결정적으로 유부남이다."

유정생이 잠시 망설이다가 어렵게 꺼낸 말을 듣고서야 유

가연의 얼굴에 어이없다는 빛이 스치고 지나갔다.

하지만 그도 잠시, 무슨 꿍꿍이인지 눈을 빛낸 유가연이 대답했다.

"그게 왜?"

"그게 왜라니, 몰라서 묻는 게냐?"

"사랑에는 나이도 국경도 없는 거라고 아빠가 그랬잖아."

"내가 언제 그런 말을 했다고 그러느냐?"

억울한 듯 유정생이 소리쳤지만 유가연은 태연했다.

"물론 말은 하지 않았지. 대신 행동으로 보여줬잖아. 아빠랑 엄마의 나이 차가 몇 살인지 알아?"

"그야 열 살 조금 넘지."

"정확히 열아홉 살 차이지."

"크흠."

헛기침과 함께 유정생이 한숨을 내쉬었다.

열아홉이나 스물이나.

자신이 생각해도 별 차이가 없었다.

그래서 잠시 말문이 막혔던 유정생은 이내 정신을 차렸다.

금이야 옥이야 고이 기른 하나밖에 없는 귀한 딸을 사십이 넘은 유부남에게 빼앗길 수는 없었다.

"결정적으로 허 대주는 유부남이잖아."

"알아봤는데 부인이랑 사이도 별로 안 좋대."

"왜?"

"그야 당연한 거 아냐? 아빠가 이렇게 밤낮없이 부려먹는데 부부간의 금슬이 좋을 리가 있겠어?"

또 한 번 말문이 막히자마자 유정생의 얼굴이 붉게 상기되었다.

그렇지만 이대로 가만있을 수는 없었다.

절대 일어나서는 안 되는 일이라는 생각에 유정생은 필사적으로 머리를 굴렸다.

'허 대주를 혈마옥에 가둬 버려야 하나?'

그리고 딸을 너무나 사랑하는 마음에 극단적인 선택까지 고민할 때, 유가연이 조심스레 물었다.

"아빠도 허 대주님 좋아하잖아."

"별로 안 좋아해. 아니, 싫어해."

유정생이 정색한 채 대답했다. 여전히 갈대밭 속에 숨어서 부녀간의 대화를 듣고 있던 허 대주의 얼굴에 서운한 기색이 깃들었다.

"아빠가 싫어한다니 어쩔 수 없네. 다른 사람 찾아봐야지."

"그거 듣던 중 반가운 소리로구나."

"그렇지만 무림맹 안에는 허 대주님만큼 괜찮은 남자가 하나도 없는데……."

말꼬리를 슬그머니 흐리는 유가연을 바라보던 유정생이 그게 무슨 소리냐는 듯 서둘러 말했다.

"내가 보기에는 청룡단의 부단주를 맡고 있는 서문유라는 청년도 괜찮고, 주작단의 부단주를 맡고 있는 황보세가 출신의 황보진경이라는 청년도 성실하게 생겼던데. 그리고 백호단에 속해 있는 경천기라는 점창의 제자도 무척 미남인 데다가 무공도 아주 강하다고 소문이 자자하더구나."

기회라고 생각해서일까?

유정생이 그동안 사윗감 후보로 점찍어두었던, 무림맹 내에서 일하고 있는 전도유망한 청년들의 이름을 순식간에 늘어놓았다.

"어떠냐? 네가 생각해도 늙고 초라한 유부남에 불과한 허대주하고는 비교할 수도 없을 만큼 괜찮지 않느냐?"

그리고 슬쩍 딸의 눈치를 살폈지만 유가연의 표정은 심드렁했다.

"다 별론데?"

"왜?"

유정생의 얼굴이 다급하게 변했다.

가문, 무공, 인물까지.

조금 전 자신이 이름을 거론했던 청년들은 어디에 내놓는다고 해도 빠지지 않을 청년들이었다.

지금도 밀려드는 혼처로 인해 비명을 지른다는 소문이 있는데 어찌 된 것인지 자신의 딸은 전혀 관심이 없어 보였다.

"청룡단의 부단주인 서문유? 걔는 변태래."

"변태라니?"

"얼굴도 여자들이 시샘할 정도로 반반하게 생기고 엄청 깔끔 떨고 하는 것 보면서 좀 이상한 것 못 느꼈어?"

"글쎄?"

"걔는 남자 좋아한대."

전혀 들어보지 못했던 이야기에 유정생이 놀라서 쩍하니 입을 벌렸지만, 아직 끝이 아니었다.

"그리고 황보세가 출신의 황보진경? 아빠 말처럼 생긴 것은 엄청 사내답고 성실하게 생겼잖아. 근데 그렇게 난봉꾼이래. 이 근처에 기루라는 기루는 안 가본 곳이 없고 모르는 기녀가 없다던데?"

"설마?"

"설마는 무슨. 내가 다 믿을 만한 소식통에게서 들은 정보인데. 근데 더 웃긴 게 뭔지 알아?"

"……."

"고자래!"

"큼, 큼."

하마터면 사레가 들릴 뻔했다.

터져 나오는 기침을 간신히 참고 있을 때, 유가연이 마지막으로 경천기에 대해 이야기를 꺼냈다.

"점창의 제자라는 경천기? 걔는 벌써 혼인했어."

"그럴 리가?"

"진짜야. 식만 안 올렸지 같이 사는 여자가 있어. 애도 있다니까."

도저히 못 믿겠다는 표정을 짓고 있는 유정생을 향해 유가
연이 마지막으로 한마디를 더했다.

"걔들보다야 허 대주님이 낫지."

또 한 번 낚싯대를 움켜쥐고 있던 오른손에 힘이 들어가는
것을 유정생이 간신히 참고 있을 때였다.

"그래서 말인데……."

"……."

"나 좀 나갔다 올게. 그리고 돌아올 때는 아빠 맘에 쏙 드
는 괜찮은 신랑감 하나 물어가지고 돌아올게."

애교가 가득 섞인 유가연의 말에 유정생은 심각하게 고민
하기 시작했다.


"괜찮을까?"

"위험합니다."

"역시 그렇지?"

"사도맹 측의 움직임이 심상치 않습니다."

유정생이 이마를 찌푸렸다.

하루라도 편할 날이 없는 강호였다.

마교의 몰락 이후로 조금 조용해지지 않을까 기대했지만 이
번에는 사도맹이 강성해지며 그의 골치를 썩게 만들고 있었다.

"그럼 보내지 말까?"

"이번에는 단단히 결심한 것 같습니다."

"자네가 봐도 그렇지?"

"보내주지 않으면 한동안 하지 않던 가출을 다시 감행하실 것 같더군요. 정확히 백스물아홉 번째가 되겠네요."

"백서른 번째일세."

허 대주의 말을 정정해 주며 유정생이 길게 한숨을 내쉬었다.

지겨울 터였다.

아무것도 모르던 열 살 무렵, 자신의 손에 이끌려 이곳에 들어온 이후 벌써 십 년이 넘는 시간 동안 제대로 외출조차 하지 못한 유가연이었다.

그런 만큼 유정생도 답답해하는 딸의 마음을 모를 리가 없었다.

그래서 마음 같아서는 몇 번이나 보내주고 싶었다.

하지만 그러기에는 위험부담이 너무도 컸다.

무림맹주의 딸이라는 위치는 사도맹을 비롯한 여러 단체의 표적이 되기에 너무나 좋은 위치였으니까.

"골치 아프군."

"한 번 내보내 주시지요. 혼자 가는 것도 아니라는데."

"친언니처럼 따르는 옥령이와 함께 간다는 것이 안심이 되긴 한데……."

요화 서옥령.

현재 천하제일미녀로 알려진 서옥령은 무림맹 외당 당주인

권왕 서붕의 딸이자, 유가연이 친언니처럼 따르는 아이였다.

게다가 아직 세상이 얼마나 무서운 곳인지 전혀 모르는 철부지인 자신의 딸과 다르게 성격이 차분한데다가 상황 파악이 빠르며, 어린 나이임에도 불구하고 무공도 비교적 강하다고 알려져 있었다.

"옥령이라면 믿을 만하지."

"제 생각도 그렇습니다."

"괜찮을까?"

"그건 확신할 수 없습니다. 그래도 혼자 보내는 것보다야 안전할 겁니다."

"그래. 한번 보내지, 뭐."

마침내 유정생이 결정을 내렸다.

그렇지만 아직 끝이 아니었다.

마음 같아서는 자신이 직접 딸아이와 함께 가고 싶었다.

하지만 무림맹의 맹주라는 직위는 마음대로 자리를 비울 수 있는 위치가 아니었다.

그래서 잠시 고민하던 유정생이 눈을 빛내며 입을 열었다.

"자네… 내가 밉지 않나?"

"그럴 리가 있겠습니까?"

"에이, 그러지 말고 솔직히 말해봐. 내가 그동안 자네에게 서운하게 한 것이 한두 가지가 아닐 터인데."

이번에는 바로 대답이 흘러나오지 않았다.

머뭇거리던 허 대주가 잠시 후 조심스럽게 답했다.

"아주 가끔은……."

"마음에 들지 않지? 그럼 감찰대에 날 고발해 버려."

"네?"

대체 무슨 소리냐는 듯이 허 대주가 눈을 치켜뜰 때, 유정생이 서둘러 말을 이었다.

"고발할 거야 많잖아. 자네도 기억하지? 호혈문이라는 신생 문파의 문주가 찾아왔던 것 말이야. 문도 수가 서른 명도 되지 않는 자그마한 문파인 호혈문이 무림맹에 가입한 것이 좀 이상하지 않나?"

"그야……."

"뇌물을 받았어. 그래서 내가 힘을 쓴 거지. 그뿐만이 아닐세. 요즘 내가 근무 시간에 집무실에 앉아서 일한 적이 있나? 틈만 나면 여기 강가로 찾아와서 하염없이 낚싯대를 드리우고 있지. 이거 엄연히 직무 태만일세. 뇌물 수령에 직무 태만. 감찰대에 고발하기에는 충분한 죄목이지."

어서 빨리 고발해 달라며 부추기는 듯한 유정생을 바라보던 허 대주가 그제야 뭔가를 눈치챈 듯 희미한 웃음을 지었다.

"차라리 괜찮은 호위무사를 구하시지요."

"눈치챘나? 하지만 아무리 생각해도 마땅한 자가 떠오르지 않는데."

"제 생각에는 청룡단의 부단주가 괜찮을 것 같습니다."

"청룡단의 부단주?"

"네. 그 나이 또래에서는 무공 실력도 발군이고 성격도 침착해 돌발 상황에 대처하는 능력이 뛰어나다는 평이 있습니다."

허 대주의 이야기는 틀리지 않았다.

그러나 유정생의 얼굴에는 여전히 뭔가 못마땅한 표정이 떠올라 있었다.

"하지만 가연이가 청룡단의 부단주는 변태라고 그랬는데……."

"그게 제가 청룡단의 부단주를 추천한 가장 결정적인 이유입니다. 남자를 좋아한다고 하니 오히려 안심이 되지 않으십니까?"

그제야 허 대주가 하려는 말의 의미를 깨닫고 유정생의 표정이 밝아졌다.

"그거 좋은 생각이로군!"

"감사합니다."

"딸아이를 키우는 것은 너무도 어렵군. 허 대주, 자네는 될 수 있으면 아들만 낳고 딸은 낳지 말게."

"……."

이번에는 허 대주에게서 아무런 대답도 돌아오지 않았다.

의아한 생각에 고개를 돌린 유정생이 서운함이 깃든 얼굴을 한 채 서 있는 허 대주를 발견하고 물었다.

"왜 그러는가?"

"이미 딸만 셋입니다."

"크흠, 미안하네."

어색한 침묵.

재빨리 전혀 움직일 기미가 보이지 않는 낚시찌가 떠올라 있는 강가로 시선을 돌린 유정생이 화제를 돌리기 위해서 다른 이야기를 꺼냈다.

"혈마옥은 조용한가?"

"그게 자그마한 문제가 있었습니다."

"문제라니?"

"아미성녀님의 상태가 조금 나빠지셨습니다."

유정생이 눈살을 찌푸렸다.

아미성녀의 세수도 이미 아흔.

화산의 전대 기인인 다정 선사와 함께 강호에서 가장 강한 여고수로 손꼽히는 아미성녀였지만 흐르는 세월 앞에는 장사가 없는 법이었다.

"어디가 많이 안 좋으신가?"

"그게 아니라 노망이 오신 것 같습니다."

"노망?"

"보고에 따르면 사랑을 찾아 떠난다는 말씀만 남기고서 잠을 새도 없이 어디론가 떠나셨다고 합니다."

"갑자기 사랑을 찾아 떠났다고?"

"그렇다고 합니다."

"크흠. 뭐, 어쨌든 잘되셨으면 좋겠군."

어이가 없는 듯 헛기침을 한 유정생이 다시 말을 이었다.

"어쨌든 그곳에서 탈옥하는 것은 불가능하지. 아무리 마교의 장로들이라고 해도."

"오랜 시간이 흐른 만큼 이미 죽었을지도 모릅니다."

"곤란한데. 언젠가 힘을 빌려야 할지도 모른다고 생각했는데."

안타까운 표정을 감추지 못하는 유정생을 보며 허 대주의 얼굴도 굳어졌다.

"상황이 그 정도로 어렵습니까?"

"사도맹 하나로도 어려운데 새외의 세력들까지도 호시탐탐 중원으로 들어오려고 하고 있어."

"그렇지만 그들은 마교의 장로들입니다. 아무리 상황이 어렵다고 하더라도 그들의 힘을 빌린다는 것은……."

아무래도 내키지 않는다는 듯이 조심스레 꺼낸 허 대주의 이야기가 끝나기도 전에 유정생이 다시 입을 열었다.

"어쩌면 그때가 나았을지도 모르겠다는 생각이 드는군. 아웅다웅하기는 했지만 그래도 마교는 낭만이 있었거든."


"딱 석 달이다."

"알았어!"

"돌아오기 싫다고 우기면서 다른 사람들 속 썩이면 안 돼."

"알았다니까!"

"그리고 사람들의 눈에 너무 띄는 행동은 하지 말고."

"그건 좀 어렵겠는데."

"……?"

"내가 워낙 예뻐서 가만히 있어도 사람들의 시선이 모이지 않을까?"

유정생이 고개를 돌려 차갑게 외면했다.

아무리 자신의 딸이지만, 이 말은 너무 심했다는 생각을 하면서.

"뭐야? 인정하지 않는 거야?"

뽀로통한 얼굴로 소리 지르는 유가연을 보던 유정생은 곤란한 표정으로 대답했다.

"아비는 무림맹의 맹주다."

"그 얘기가 지금 갑자기 왜 나와?"

"한낱 사마외도의 무시무시한 협박에 넘어가서 진실이 아닌 것을 인정할 수 없다는 뜻이지."

근엄한 표정으로 꺼낸 대답이 끝나자마자 유가연이 입을 앞으로 쭉 내밀었지만 그녀의 얼굴에는 여전히 기쁜 기색이 떠올라 있었다.

갑갑한 무림맹을 벗어나 바깥세상으로 나갈 수 있다는 사실에 흥분과 기쁨을 감추지 못하는 것이었다.

환한 웃음이 떠올라 있는 딸의 얼굴을 묵묵히 바라보던 유정생의 얼굴에 씁쓸한 웃음이 떠올랐다.

아직 철부지였다.

그래서 아무것도 몰랐다.

지금 자신이 이 결정을 얼마나 어렵게 내린 것인지도, 유가연이 가는 길에 얼마든지 커다란 위험이 닥칠 수 있다는 것도.

"그리고 면사는 꼭 쓰고 다니도록 해라."

당부하듯 유정생이 한마디를 더하자 유가연의 얼굴이 더욱 환해졌다.

"역시 그런 거였구나."

"뭐가?"

"아빠도 인정하고 있는 거잖아. 내 딸은 너무 예뻐서 다른 사내들이 훔쳐볼지도 몰라. 그러니까 꼭 면사를 써야 한다. 아냐?"

"착각 하나만큼은 강호제일고수 수준이로구나."

"뭐야?"

"네게 한 말이 아니다. 옥령이에게 한 말이지."

쉬지 않고 이어지는 부녀간의 대화.

그 대화가 재미있다는 듯이 요화 서옥령은 얼굴에 웃음을 띤 채 두 사람을 바라보고 있었다.

그리고 천하제일미녀라 알려진 서옥령은 눈이 부실 정도로 아름다웠다.

오죽했으면 나이가 환갑에 가깝고 어떤 상황에서도 마음이 흔들리지 않아 냉혈검객이라 불리는 유정생의 마음까지 흔들릴 정도일까?

자신도 모르는 사이 유정생의 얼굴이 붉게 달아올랐고, 그것을 놓치지 않고 유가연이 소리를 질렀다.

"지금 언니 보면서 무슨 상상 한 거야?"

"큼, 큼, 상상은 무슨……."

"진짜 웃겨. 주책은 강호제일고수 수준이라니까."

유가연의 역공에 당황을 감추지 못하고 쩔쩔매던 유정생의 시선이 한편에 서 있는 서문유에게로 향했다.

담담하기 그지없는 얼굴.

서옥령이 웃는 것을 보지 못했을 리 없을 텐데도 서문유는 마치 아무것도 보지 못한 사람처럼 담담한 낯빛을 유지하고 있었다.

이제 갓 스물이 넘겨 혈기왕성한 젊은 놈이 감히 서옥령의 웃는 얼굴을 마주하고서도 저런 표정을 짓는다는 것은 불가능했다.

환갑이 넘은 자신도 이렇게 떨리는데.

'역시 변태! 사람은 잘 골랐군!'

가볍게 고개를 끄덕인 유정생이 서옥령의 손을 붙잡았다.

"어머, 이제 은근슬쩍 손까지 잡네. 이거 불륜 아냐?"

"그게……."

"변명의 여지가 없는 상황이잖아. 내가 두 눈으로 직접 봤는데. 너무 대담한 것 아냐? 딸 앞에서 불륜을 저지르는 아버지라니. 나 엄마한테 이를 거야."

잔뜩 흥분한 목소리로 쉴 새 없이 조잘거리고 있는 유가연을 바라보던 유정생이 절레절레 고개를 흔들었다.

"내 맘 알지?"

움켜쥔 서옥령의 손을 놓지 않은 채 지그시 그녀를 바라보며 유정생이 꺼낸 이야기를 듣고 유가연이 입을 벌렸다.

"이제 막나가자는 거야?"

그러나 유정생은 여전히 자신의 딸에게는 시선조차 주지 않았다.

"보면 알겠지만 내 딸이기는 하지만 아직 철이 없구나. 내 너만 믿고 보내는 것이니 잘 부탁한다."

"조심히 다녀오겠습니다."

가볍게 고개를 숙인 서옥령이 아직도 씩씩대고 있는 유가연의 손을 이끌고 미리 준비한 마차로 향했다.

"긴장해! 돌아와서 진짜 엄마한테 이를 테니까!"

협박이라도 하듯 앙증맞은 주먹을 쥐고 흔들면서 소리치는 유가연을 유정생은 말없이 바라보았다.

하나도 무섭지 않았다.

아니, 오히려 기다려졌다.

그리해 주기를.

무사히 돌아와 주기만 한다면 고자질 정도야 겁날 것이 없었다.

"갔다 올게!"

마차에 오르고서야 진짜 떠나는 것이 실감나는 듯 창밖으로 손을 흔들고 있는 유가연의 모습을 보던 유정생은 하마터면 왈칵 눈물을 쏟을 뻔했다.

갓난아이를 보호자도 없이 강가에 내보내는 느낌.

마차와 함께 점점 작아지는 유가연의 얼굴이 보이지 않을 때까지 멍하니 바라보던 유정생은 결국 긴 한숨을 토해냈다.

움직일 생각 없이 한참이나 제자리에 서서 걱정스런 표정을 짓고 있던 유정생이 천천히 손을 들어 올렸다.

"곱긴 곱네."

서옥령의 손을 잡았을 때 느껴지던 부드러운 감촉을 반추하던 유정생의 얼굴에 엉큼한 미소가 떠올랐다.

『공동전인』 2권에 계속…

# 閻王眞武
# 염왕진무

**김석진** 新무협 판타지 소설

"그, 그럼 어디서 오셨습니까?"
무심하게 고개를 돌리며 진무가 속삭이듯 말했다.

# ……지옥에서.

인간이라면 절대 익힐 수 없다는 강호삼대불가득!
그것에 얽힌 비사를 풀기 위해 그가 강호로 나섰다!
피처럼 붉은 무적의 강기, 혼돈혈애를 전신에 두르고
수라격체술과 염왕보로 천하를 질타하는 쾌남아, 진무!
염왕의 진실한 무학을 발현하여 무림삼패세와 고금십대천병을
이겨내고 속세의 악업을 심판하는 진정한 염왕이 되어라!

이제 강호는 진무의
일거수일투족에 열광한다!

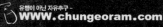

은하의 계곡

# 무천향
## 武天鄉

허담 新무협 판타지 소설

뿌리를 찾아가는 목동 파소의 여행.
그 여정의 끝에서
검 든 자들의 고향 대무천향 (大武天鄉)을 만난다.

**검객 단보, 그는 노래했다.**

…모든 검 든 자들의 고향 무천향.
한 초식의 검에 잠든 용이 깨어나고, 또 한 초식의 검에 잠든 바다가 일어나네.
검의 흐름을 따라가다 보면 어느새, 세월도 잊어버리고, 사랑도 잊어버리고,
무공도 잊어버려…….
결국에는 자신조차 잊어버리는…….

은하의 가장 밝은 빛이 되어버린다는
그 무성(武星)들의 대지(大地).

**아, 대무천향(大武天鄉)이여!**

유행이 아닌 자유추구 -
**WWW.chungeoram.com**
Book Publishing CHUNGEORAM

閻王眞武

# 염왕진무

김석진 新무협 판타지 소설

"그, 그럼 어디서 오셨습니까?"
무심하게 고개를 돌리며 진무가 속삭이듯 말했다.

......지옥에서.

인간이라면 절대 익힐 수 없다는 강호삼대불가득!
그것에 얽힌 비사를 풀기 위해 그가 강호로 나섰다!
피처럼 붉은 무적의 강기, 혼돈혈애를 전신에 두르고
수라격체술과 염왕보로 천하를 절타하는 쾌남아, 진무!
염왕의 진실한 무학을 발현하여 무림삼패세와 고금십대천병을
이겨내고 속세의 악업을 심판하는 진정한 염왕이 되어라!

이제 강호는 진무의
일거수일투족에 열광한다!

유행이 아닌 자유추구 -
WWW. chungeoram.com
Book Publishing CHUNGEORAM